U0638183

年百部
篇正典

孟繁华 主编

世间已无陈金芳
石一枫

良霞
李凤群

梅子和恰可拜
董立勃

北方联合出版传媒(集团)股份有限公司
春风文艺出版社
·沈阳·

图书在版编目（CIP）数据

世间已无陈金芳/石一枫著．良霞/李凤群著．梅
子和恰可拜/董立勃著．—沈阳：春风文艺出版社，
2018.7（2022.1重印）
（百年百部中篇正典/孟繁华主编）
ISBN 978 - 7 - 5313 - 5420 - 8

Ⅰ．①世… ②良… ③梅… Ⅱ．①石… ②李… ③董
… Ⅲ．①中篇小说 — 小说集 — 中国 — 当代 Ⅳ.
①I247.5

中国版本图书馆CIP数据核字（2018）第075102号

北方联合出版传媒（集团）股份有限公司
春风文艺出版社出版发行
http://www.chunfengwenyi.com
沈阳市和平区十一纬路25号　邮编：110003
北京一鑫印务有限责任公司印刷

选题策划：单瑛琪		责任编辑：刘　维	
封面设计：琥珀视觉		责任校对：于文慧	
印制统筹：刘　成		幅面尺寸：145mm × 210mm	
字　　数：176千字		印　　张：7.25	
版　　次：2018年7月第1版		印　　次：2022年1月第4次	
书　　号：ISBN 978-7-5313-5420-8			
定　　价：35.00元			

版权专有　侵权必究　举报电话：024-23284391
如有质量问题，请拨打电话：024-23284384

百年中国文学的高端成就

——《百年百部中篇正典》序

孟繁华

从文体方面考察，百年来文学的高端成就是中篇小说。一方面这与百年文学传统有关。新文学的发轫，无论是1890年陈季同用法文创作的《黄衫客传奇》的发表，还是鲁迅1921年发表的《阿Q正传》，都是中篇小说，这是百年白话文学的一个传统。另一方面，进入新时期，在大型刊物推动下的中篇小说一直保持在一个相当高的水平上。因此，中篇小说是百年来中国文学最重要的文体。中篇小说创作积累了极为丰富的经验，它的容量和传达的社会与文学信息，使它具有极大的可读性；当社会转型、消费文化兴起之后，大型文学期刊顽强的文学坚持，使中篇小说生产与流播受到的冲击降低到最低限度。文体自身的优势和载体的相对稳定，以及作者、读者群体的相对稳定，都决定了中篇小说在消费主义时代能够获得绝处逢生的机缘。这也让中篇小说能够不追时尚、不赶风潮，以"守成"的文化姿态坚守最后的文学性成为可能。在这个意义上，中篇小说很像是一个当代文学的"活化石"。在这个前提下，中篇小说一直没有改变它文学性的基本性质。因此，百年来，中篇小说成为各种文学文体的中坚力量并塑造了自己纯粹的文学品质。中篇小说因此构成百年文学的奇特景观，使文学即便在惊慌失措的"文化乱世"中也取得了令人瞩目的艺术成就，这在百年中国的文化语境中不能不说是一个奇迹。作家在诚实地寻找文学性的同时，也没有影响他们对现实事务介入的诚恳和热情。无论如何，百年中篇小说代表了百年中国文学的高端水平，它所表达的不同阶段的理想、追求、焦虑、矛盾、彷徨和不确定性，都密切地联系着百年中国的社会生活和心理经验。于是，一个文体就这样和百年中国建立了如影随形的镜像关系。它的全部经验已经成为我们最重要的文学财富。

编选百年中篇小说选本，是我多年的一个愿望。我曾为此做了多年准备。这个选本2012年已经编好，其间辗转多家出版社，有的甚至申报了国家重点出版基金，但都未能实现。现在，春风文艺出版社接受并付诸出版，我的兴奋和感动可想而知。我要感谢单瑛琪社长和责任编辑姚宏越先生，与他们的合作是如此顺利和愉快。

入选的作品，在我看来无疑是百年中国最优秀的中篇小说。但"诗无达诂"，文学史家或选家一定有不同看法，这是非常正常的。感谢入选作家为中国文学付出的努力和带来的光荣。需要说明的是，由于版权和其他原因，部分重要或著名的中篇小说没有进入这个选本，这是非常遗憾的。可以弥补和自慰的是，这些作品在其他选本或该作家的文集中都可以读到。在做出说明的同时，我也理应向读者表达我的歉意。编选方面的各种问题和不足，也诚恳地希望听到批评指正。

是为序。

2017年10月20日于北京

目　录

世间已无陈金芳

石一枫

1

那年夏天，小提琴大师伊扎克·帕尔曼第三次来华演出，我的买办朋友b哥囤积了一批贵宾票，打算用以贿赂附庸风雅的官员。没想到演出前两天，上面突然办了个学习班，官儿们都去受训了。他的票砸在手里，便随意甩给我一张："不听白不听。"

演出当天，我穿着一身体面衣服，独自乘地铁来到大会堂西路。正是一个夕阳艳丽的傍晚，一圈水系的中央，那个著名的蛋形建筑物熠熠闪光。苍穹之上，飘动着鸟形或虫形的风筝。穿过遛弯儿的闲人拾阶而上时，我身边涌动着的就是清一色的高雅人士了，个个儿后脖颈子雪白，女士镶金戴银，一些老人家甚至打上了领结。检票进入大厅的过程中，我忽然有点儿不自在，感到有道目光一直跟着自己，若即若离，不时像蚊子似的叮一下就跑。

这让我稍有些心神不宁，频频四下张望，却没在周围发现熟面孔。走到室内咖啡厅的时候，忽然有人扬手叫我，是媒体圈儿的几个朋友。他们凭借采访证先进来，正凑在一起喝茶、讲八卦。我坐过去喝了杯苏打水，和他们敷衍了一会儿，但目光仍在鱼贯而入的观众中徘徊。

"瞎寻摸什么呢？这儿没你熟人。"一个言语刻薄的秃子调笑道，"你那些'情儿'都在城乡接合部的小发廊里创汇呢。"

这帮人哈哈大笑，我也笑了。片刻，演出开始，我来到前排坐下，专心聆听。琴声一起，我就心无旁骛了。

大师与一位斯里兰卡钢琴家合作，演奏了贝多芬和圣桑的奏鸣曲，然后又独奏了几段帮他真正享誉全球，获得过格莱美奖的电影音乐。压轴曲目当然是如泣如诉的《辛德勒的名单》。一曲终了，掌声雷动，连那些装模作样的外行也被感染了。前排的观众纷纷起立，后排的像人浪一样跟进，当帕尔曼坐着电动轮椅绕台一周，举起琴弓致意时，许多人干脆喊了起来。

在一片叫好声中，有一个声音格外凸显。那是个颤抖的女声，比别人高了起码一个八度，连哭腔都拖出来了。她用纯正的"欧式装×范儿"尖叫着："Bravo！Bravo！"

那声音就来自我的正后方，引得旁边的几个人回头张望。我也不由得扭过身去，便看见了一张因为激动而扭曲的脸。那是个三十上下的年轻女人，妆化得相当浓艳，耳朵上挂着亮闪闪的耳坠，围着一条色泽斑斓的卡地亚丝巾。再加上她的下巴和两腮棱角分明，乍一看让人想起凯迪拉克汽车那奢华的商标。

初看之下，我并没有反应过来她是谁。直到她目光炯炯地盯着我时，我才蓦然回过神来。这不是陈金芳吗？

音乐会散场的时候，陈金芳已经在出口处等着我了。此时的她神色平复了下来，两手交叉在浅色西服套装的前襟，胳膊肘上挂着一只小号古驰坤包，显得端庄极了。虽然时隔多年不见，但她并未露出久别重逢的惊喜，只是浅笑着打量了我两眼。

"你也在这儿。"

"够巧的……"

说话间，她已经做了个"请"的手势，往大剧院正门外走去。我也只好挺胸抬头，尽量以"配得上她"的姿态跟上。出门以后她问我去哪儿，我说过会儿我老婆来接我。她看看表，表示接她的人也还没到，刚好可以找个地方聊聊。聊聊就聊聊吧，尽管我实在不确定能跟她聊点儿什么。

大剧院附近的茶室和咖啡馆都被刚散场的观众们挤满了，我们步行了半站地铁的路程，才在劳动人民文化宫对面找到一家云南餐厅。走路的时候，她一直没跟我说话，高跟鞋坚定地踩着地面，回声从长安街一侧的红墙上反射回来。落座之后，她又重新看了看我，然后才开口："你也变样了。"

"那肯定，都十来年了，没变的那是妖精。"

"不过你还真不显老。"她抿嘴笑了，"一看就挺有福气，没操过什么心。"

"还真是，我一直吃着软饭呢。"

"别逗了。"

"你不信？那就权当我在逗吧。"我略为放松下来，恢复了固有的口气，同时点上支烟。

她又问我："现在还拉琴吗？"

"武功早废了。"

"过去那帮熟人呢，还有联系吗？"

"也没了。他们看不起我我也看不起他们。"

"这倒像你的风格。"她沉吟着说。

"我什么风格？"

"表面赖不叽叽的，其实骨子里傲着呢。"

这话说得我一激灵。类似的评价，只有我老婆茉莉和几个至亲对我说过，没想到陈金芳对我也是这个印象。要知道，我自打上大学以后就再没见过她呀。我不禁认真地观察起这位初中同学来，而她则毫不避讳地与我对视，两只小臂横搭在桌子上，那架势简直像外交部的女发言人。

很明显，陈金芳在等着我向她发问，比如问问她这些年过得怎么样，曾经干过什么事儿，眼下又在忙什么之类的。然而对于那些曾经生活在窘迫的境遇里，如今则彻头彻尾地改头换面的故人，我一贯不想给他们抒情言志的机会。倒不是嫉妒这些人终于"混好了"，而是因为他们热衷表达的东西实在太过重复。无非是"忆往昔峥嵘岁月稠"的顾影自怜，外加点儿"敢教日月换新天"的豪情，就算把自己"煽"得一把鼻涕一把泪，也藏不住他们眉眼间那恶狠狠的扬眉吐气。只要看看《艺术人生》或者《致富经》之类的节目，你就会发现电视里全是这些玩意儿。

于是，我故意说："你现在不拿烙铁烫头了吧？"

她愕然了一下："你说的是什么时候的事儿了？"

"上学的时候哇。那可是个技术活儿，我记得你在很长时间里只剩一条眉毛了。"

出乎我的意料，陈金芳既宽厚又爽朗地笑了："你还记得呢？现在我也想起来了。后来我只好往眼眶上贴了块纱布，骗老师说是骑自行车摔的。"

她的反应让我很不好意思。那种失态的挑衅更印证了我的肤浅和狭隘，而此时的陈金芳则显得比我通达得多。接下来，我便不由得说出了自己原本不愿意说的话："你可真是大变样了……刚才我都不敢认你。"

"也就表面变了，其实还挺土的。"

"这你就是谦虚了，不知道自己在别人眼里已然惊为天人了吗？"我舔舔嘴唇，几乎在阿谀她了，"你究竟是怎么做到的？"

更加令我意外，陈金芳反而对自己避而不谈了。她简短地告诉我这两年"刚回北京"，正在做点儿"艺术投资方面"的事儿，然后就又把话题引回了我身上。她问我住在哪儿，具体在什么地方上班，又感叹我把小提琴扔了"实在是太可惜了"。我则被弄得越来越恍惚，也越来越没法把对面这个女人和多年前的那个陈金芳对上号。

我们有一搭无一搭地聊了许久，普洱茶第二次续水的时候，陈金芳的电话响了一声。她看了看短信说："我得走了。"

我也欠身站起来："那回头再聊。"

我给她留了自己的电话，而她则递给我一张头衔相当繁复的名片。我陪着她走到街上，看到路边停着一辆豪华越野车。这两年有点儿钱的文化人或者有点儿文化的有钱人都喜欢买这种车，前不久还有一位音乐人因为醉驾被抓了典型，出事儿时开的就是这一款。陈金芳走向副驾驶座的时候，已经有一个身材高挑、二十出头的男人下来为她打开了车门。那小伙子穿着一件带网眼的紧绷T恤衫，遭受过膑刑的牛仔裤里露出两个瘦弱的膝盖，看上去倒像某个高级发廊的理发师傅。他对陈金芳颔首，压根儿就没看我，重新发动汽车之后绝尘而去，气流搅得路边的落叶旋转着纷飞了起来。夜风渐凉，再下两场雨，就要入秋了吧。

过了十几分钟，茉莉恰好也加完班，从国贸那边过来接我了。回家的路上，她问我晚上的音乐会怎么样，我随口说"还成"。我又问她今天忙不忙，她说："这不明摆着嘛。"然后车里就陷入了沉默。已经有很长时间了，我们之间没什么话可说。

借着立交桥上彩灯的光芒，我偷偷把陈金芳的名片拿出来看了一眼。刚才没有看清，现在才发现，她的名字也变了。陈金芳已经不叫陈金芳，而叫作陈予倩了。她的变化真可谓是内外兼修哇。

2

我第一次见到陈金芳或云陈予倩，还是在上初二的时候。

那天刚下最后一节课，教室里乱糟糟的。大伙儿正准备回家，班主任忽然进来，宣布来了一位新同学。但我们往她身后张望，看到的却是空无一人。老师也有点儿诧异，又探头朝门外寻摸了一圈儿，喊道："你进来呀。在外面哨着干吗？"

这才从门外走进一个女孩来，个子很矮，踮着脚也到不了一米六，穿件老气横秋的格子夹克，脸上一边一块农村红。老师让她进行一下自我介绍，她只是发愣，三缄其口。老师只好亲自告诉大家她叫陈金芳，从湖南来，希望同学们对她多多帮助，搞好团结。

学生们随即一哄而散。在我们那所部队子弟学校，像陈金芳这样的转校生，基本上每年都能碰上个两三位。他们跟随家人进京，初来乍到时与这里的一切格格不入，好不容易熟悉了环境，跟周围人能说上话了，但却往往又要离开。日子久了，我们这些"坐地虎"就学会了对这些学生视而不见。反正他们随时会从教室里消失，深交又有什么意义呢？交朋友也是要讲究成本的。

更何况这女孩长得又挺寒碜，不管从哪个方面说都非我族类。我们咋咋呼呼地从她身边拥过，就像绕开了一张桌子或一条板凳。班上的几个男生跑到操场打篮球，我则倚着篮球架子跟他们臭贫。自从一次打球戳伤手指，造成半个月不能练琴以后，我母亲就严禁我进行这种活动了。就这么消磨到夕阳开始下坠，半边操场都被染红了，我才拎上书包，跟朋友们打个招呼，往校门走去。

这时背后忽然传来一阵哄笑。我寻着笑声回过头去，看见了陈金芳。她手上攥着一只印有"钾肥"字样的尼龙口袋，跟在我身后几米开外。当我前行的时候，她便迈着小碎步跟上来，当我站住，她也站住，支棱着肩膀，紧张地看着我。

面对陈金芳的亦步亦趋，我也有点儿不知所措。我本想呵斥她两声，让她离我远点儿，但又一想，那样可能会招来男生更加夸张的起哄。于是我尽量让自己眼不见心不烦，加快速度回家。

九十年代的北京，天空还相当通透，路上也没什么车。大部分机关职工都骑自行车上下班，前车筐里放着装满萝卜青菜的网兜，透着一股过小日子的家常味儿。我穿过当时的铁道兵大院儿，到长安街的延长线乘上4路公共汽车，经五棵松到达西翠路，下车后再往南步行十分钟，就能看见从小居住的那个家属院了。一路上，共有三尊毛主席塑像扬着手跟我打招呼。这天我的步伐格外快，还像个没规矩的坏小子似的挤到排队乘客的前面。

看见院门口那几栋红砖板楼的时候，我的身上微微冒出了汗，而一回头，陈金芳仍跟在我身后。

我有点儿气急败坏地站住，等着她走近。陈金芳面无表情地朝我挪了几步，像直立的豚鼠似的两手捏着"钾肥"袋子，置于胸前。她突然对我开口："我们家也住这里。"

我"哦"了一声，她又补充道："我姐夫是许福龙。"

好一会儿，我才想起许福龙就是食堂里那个特会和面的胖子。他是山东人，靠着一手做面食的手艺，志愿兵期满之后又留在了我们院儿，而且还结了婚，把老婆也弄了过来。这么说来，陈金芳她姐我也见过，就是在窗口负责盛菜那位。那是个丰满的少妇，长着一对相当霸道的胸部，夏天不爱穿胸罩，两个乳头很显眼地从迷彩短袖衫里面凸出来。打饭的时候，我总听到后勤系统的人逗她："你的奶都要喷到饭盆里啦。"

遭受调戏的陈金芳她姐也浑不吝，抢着勺子笑嘻嘻地和人打闹。由此可见许福龙两口子人缘不错。院儿里还有个段子，就是许福龙家里人口多，吃饭挑费高，许福龙便每天蒸出包子、花卷，先往肥大的军裤裤裆里塞上两斤，然后像鸭子一样火急火燎地跑回家里。天长日久，许福龙的生殖器相当于每天蒸一次桑拿，便被烫坏了，失灵了。这个段子的指向自然是陈金芳她姐，众人都认为她那对胸部"可惜了"。而我面对陈金芳，却很想问问她，假如这个故事是真的，那么从裤裆里掏出来的热气腾腾的面食，他们又怎么能够吃得下去呢？

但这时候，陈金芳就转头离开了。我家住在东边某栋红砖板楼的一层，她则要前往西围墙边上的那排平房。后勤系统雇用的临时工都被安置在了那里。

走之前，她还仿佛格外用力地盯了我一眼。

没想到，就在当天晚上，我又见到了陈金芳。那是在吃完晚饭之后，我父亲穿上军装去迎接一个突然性的检查，母亲照例把我轰进自己的房间拉琴。到了初二时，我练习小提琴已经达到八年之久，因为技艺进展飞快，在乐团工作的母亲已经不能再指导我了。为了不"耽误"我，她领着我满北京遍寻名师，并且替我做出了明确的规划，那就是先拿下几个重要的青少年比赛奖项，然后考进中央音乐学院。这个目标无疑需要旷日持久的苦练，我关上包了一圈隔音海绵的房门，站在窗前，将琴托架在磨出了一层薄薄的茧子的下巴上。

那天我练习的是柴可夫斯基《D大调小提琴协奏曲》。1994年，大师帕尔曼首次来华，他热情地称赞过北京烤鸭之后，便在人民大会堂演奏了这首曲目，而那场演出的现场录音唱片已经被我听坏了好几张。此刻，头顶着被飞蛾搅乱的路灯灯光，我幻想自己就是坐在轮椅上的帕尔曼，而草坪上黝黑一片的颜色，则是如潮的观众们的头发和黑礼服。只不过一转眼，这种意淫就被隔壁老太太跟儿媳妇吵架的声音打断了。

也就是这时，我在窗外一株杨树下看到了一个人影。那人背手靠在树干上，因为身材单薄，在黑夜里好像贴上去的一层胶皮。但我仍然辨别出那是陈金芳。借着一辆顿挫着驶过的汽车灯光，我甚至能看清她脸上的"农村红"。她静立着，纹丝不动，下巴上扬，用貌似倔强的姿势听我拉琴。

也不知是怎么想的，我推开了紧闭的窗子，也没跟她说话，继续拉起琴来。地上的青草味儿迎面扑了进来，给我的幻觉，那味道就像从陈金芳的身上飘散出来的一样。在此后的一个多小时中，她始终一动不动。

当我的演奏终于告一段落，思索着是不是向她隔窗喊话时，一个女人近乎凄厉的喊叫声从远处的夜色中直刺过来。那是她姐在叫她呢。陈金芳嗖地一晃，人就不见了。

3

同学们是什么时候开始集体排斥陈金芳的？

她默默无闻地在我们班上耗了一年，尽管没交上任何朋友，但却没像前两位借读生一样陡然消失，这已经算是个小小的奇迹了。有一度，她的座位曾经空了半个月之久，大家都认为再也不会见到她了，不过也没人觉得遗憾；但某一堂课开始时，她又赫然出现在了那里，仍旧沉默无语，老师一开讲，她就趴到桌子上睡觉。

学校里的课程，她从来就没跟上过。但学习差并不是陈金芳成为众矢之的的原因。大家另有理由。

理由之一，是她们家什么都吃。说这个问题之前，得先介绍一下这家人的人口构成。除了陈金芳及其姐姐姐夫这三个固定成员，那两间小平房里还不定期地住过陈金芳的妈、舅舅、叔叔婶子、表哥表嫂等人。暂居者的面孔虽然常变常新，但总的来说有一条规律，就是许福龙一直生活在外戚当道的局面里。那些亲戚有的是来看病，有的是来找工作，还有的号称什么也不为，就是见到别人"进了北京"，自己也想来"看一看"。有那么一阵，我每天早晨上学的路上，都能看见一辆平板三轮从西平房的拐角驶出来。蹬车的是陈金芳的表哥，一个梨形脑袋，此人的前额被产钳夹得极其窄，窄得不到巴掌宽，头顶还被挤出了一个妙不可言的尖儿。车后坐着陈金芳的妈，她患有股骨头坏死，走路画圈儿；一旁跟着陈金芳的表嫂，作为梨形脑袋的妻子，此人脑袋的质量自然也不会太高，尽管形状无异，但却有轻度痴呆的症状，爱流口水。这一支浩浩荡荡的队伍披星戴月，干的是收废品的营生。而这也是陈金芳家族在北京唯一能够立足的领域了，她的舅舅，一个仅有的看似聪明的亲戚，曾经雄心壮志地企图挺进代订火车票的市场，后来被一伙黄牛党揍了一顿，连裤子都扒了，寒冬腊月里只穿一条秋裤，满脸是血地蜷在马路牙子上哆嗦。

关于陈金芳家人口之多、之杂乱，还有一个很直观的说法，是我们班的班主任提供的。她装模作样地去家访过一次，回来感叹说："窗台上只有一只刷牙杯，里面插着七八柄牙刷。"

同学们诧异：这样一来，怎么能分清哪支牙刷是属于哪个人呢？如果他们家人不介意混用，又何必买七八把？一把足矣。但陈金芳一家所要迫切解决的问题还不是刷牙，而是吃饭。在春夏之交，我们看见陈金芳她妈沿着院儿里干道上那排杨树走到头，再走到尾，一边画圈儿，一边往塑料兜里捡嫩杨花。院儿东头那棵半死不活的槐树，也被他们家人薅得够呛。那些年的八一湖还不是封闭公园，水势也大，夏天男生常常下湖游泳，这时却看见陈金芳和她姐、她表哥赤脚站在滩涂上捞小鱼、摸螺蛳，甚至用竹签子扎青蛙。

客观地说，以当时北京的生活条件，再怎么困难的家庭，大米白面总还是吃得饱的，再说他们家还背靠着食堂，还有许福龙的裤裆这个秘密武器呢。他们的自力更生，主要是为了丰富副食。也许，他们在老家就有这个习惯，只不过带到北京来就显得突兀了。

院儿里上了岁数的人感叹说："三年困难时期时，也就这个吃法儿了。"

更骇人听闻的一件事，是我们学校门口总游荡着一只交配过度、乳头耷拉到地上的野狗，这狗忽然有一天就不见了，而陈金芳家里却飘出了少有的肉香。

排斥陈金芳的理由之二，就直指她个人了。班上的女生恍然发现，原来她还是一个爱慕虚荣的人。这个迹象是逐渐显现出来的。最初，陈金芳一年四季的换洗衣服不超过三套，一件洗了另一件可能还没干，必须得穿着湿的来上学。后来衣服就多了起来，基本上来自于她姐，因此不是红配绿就是粉配紫，"怯"得要命。有一次，她居然穿了一件带垫肩的双排扣西服来上学，那衣服的下摆直垂到运动裤的膝盖上，简直像个唱戏的。这衣服还没穿够半天，她姐就风风火火地追到了学校，劈头给了陈金芳一个嘴巴，然后夺过西服出门办事。而陈金芳脸上印着几道红印，还若无其事地对旁边人解释说，她姐也准备"下海"了，准备开一个酒店。过了两个月，"酒店"还真开起来了，是菜市场旁边的一个小门脸，主营包子馄饨，一群菜贩子坐在露天条凳上吃。

陈金芳还是班上女生里第一个抹口红的，第一个打粉底的，第一个到批发市场小摊儿上穿耳孔的。后来我揶揄过她的烙铁烫头事件，也发生在初三那一年。那段时间，她简直把自己的脸当成了一片试验田，什么新鲜事物都敢往上招呼。她还穿过几天高跟鞋，那鞋不知是从谁家楼道里捡来的，一只鞋跟高，一只鞋跟矮，这导致她走路的时候也深一脚，浅一脚的，好像被遗传了股骨头坏死。

在同学们之前，老师已经看不惯她了。"陈金芳啊陈金芳，"

我们班主任说，"你们家那么个条件，还穷嘚瑟什么呀？"

孩子的态度更要比大人极端得多，那几乎可以称得上是一场逐渐升级的斗争运动。刚开始是班干部公然用"品质恶劣""忘本"之类的词汇斥责她，后来是女生对她翻白眼儿，呵来斥去，再往后居然发展到了动手的地步。一些男生用跳绳抽她，用粉笔头掷她，还用扫帚把儿捅她的后脑勺。干这些事儿的时候，大家都义正词严的，但作为旁观者，我必须得证明，陈金芳并没有招过谁惹过谁。时至今日，她每天在学校里说过的话都不超过十句。而说起虚荣，谁又没这个毛病呢？哭着喊着胁迫父母用半个月的工资给自己买一双"耐克"球鞋的大有人在。

对于一个天生被视为低人一等的人，我们可以接受她的任何毛病，但就是不能接受她妄图变得和自己一样。

"你们院儿的陈金芳"，这是别人对我提起她时常用的称呼。这么说的时候，他们挤眉弄眼，话里有话。有两个跟我关系不错的女孩儿遗憾地表示："你呀你，怎么跟那人住一个院儿啊？"听她们的口气，陈金芳就是一块时时作痒的烂疮，谁要是跟她扯上关系，那可真是人生的大不幸。

我暗自庆幸，别人没有发现我和陈金芳之间的隐秘联系。自从见面的第一天，我们就把"演奏者"和"听众"的身份固定了下来。她会在晚上八点钟左右出现在我窗前的树下，我在拿起小提琴试音之前，也会望一望外面有没有那个痴痴愣愣的人影。随着我的手上功夫变得越发纯熟，陈金芳的面目不清的身影也在发生着渐进的变化。她的个头长高了，轮廓的弧线也有了明显的凸出和凹陷。如果仅看剪影，任谁都会认为那是一个美好的、皎洁如月光的少女。不知何时开始，我的演奏开始有了倾诉的意味，而那也是我拉琴拉得最有"人味儿"的一个时期。

　　试想一下，假如不是因为这点交情，我会不会也像其他学生一样欺负陈金芳，甚至因为她"是我们院儿的"而欺负得更狠呢？我可从来没在道德品质方面过高地信任过自己。

　　对于我的演奏，陈金芳当然无法做到每场必到。他们家人多活儿多，下了学，她还得到食堂帮助许福龙扛面粉，或者把她妈收来的垃圾分门别类装进蛇皮袋。最长的一次缺席，发生在初三的第二学期，当时陈金芳家里发生了一个挺大的变故：她在老家的父亲正在从鸡屁股里面往外掏鸡蛋，突然就一头扎在鸡窝里，没气儿了。按照城里人的知识推测，可能是突发性脑溢血什么的，但是村里人不计较死因，只在乎结果。他们描述，将死者拖出来时，脑袋上糊着厚厚的一层鸡屎，连头发都变成绿的了。陈金芳的父亲去世以后，她母亲也只好放弃了对股骨头坏死的治疗，打算回家侍弄那几亩水田，而他家的其他亲戚也深感京城的居住不易，决定集体还乡。就在这个时候，陈金芳却拒绝回去。她坚决要求留在北京。

　　这个要求不仅遭到了她妈的反对，连她姐也不同意。家里的田不能不要，活儿不能没人干，而眼下，陈金芳已经成为唯一的健康劳动力。从长远打算，母亲一定还指望着她结婚招婿，充当顶梁柱呢。况且，在姐姐姐夫这里寄人篱下，她又能有什么出路呢？留下来总不能马上到社会上去漂着，总得上学。但初中阶段属于义务教育，所以我们学校才不情不愿地接收了她这个借读生，而到了高中，别说学校不收她了，就是收，她也考不上啊。一个初中毕业生，在北京就和文盲一样的。

　　但是陈金芳听不进去。她像是吞了秤砣，铁了心了。家里人便开始围攻她，逼迫她，那些天里，西平房频频传来打、骂和砸东西的声音，那是一个人对抗一家人的战斗。也实在想象不出来，在学校里不吭不响的陈金芳，居然有着如此坚韧而泼辣的劲头。有一天我正打算练琴，邻居家的老太太过来还毛衣针，顺便拉着我母亲扯点儿闲话，三言两语就扯到了陈金芳身上。

"没见过那么狠的孩子。"消息灵通的老太太感慨地说，"都闹腾了多少天了？他们家把她轰出去，她就窝在院儿里墙角睡觉……说是宁死不走。说来也是，外地人来了北京谁愿意走哇？在这儿受苦也比回家强……现在又打上了，窗户都砸了。"

我母亲假客气着敷衍几句，就关上了门，但我却不知为何坐不住了。那天白天，我还在学校看见了陈金芳，这时回想起来，她的脸和身上的确都格外脏，后背上还粘着黑乎乎的一块煤灰。这大概就是露天睡墙角的结果吧。

我随意拉了一段练习曲，便独自开门出去。母亲问我干吗去，我说擦琴弓的松香用完了，想到另一栋楼里一个练中提琴的孩子家借一块。出了门，我沿着白杨树的林荫道一路向西，很快就看见了陈金芳一家人租住的那两间平房。果然有块玻璃被打碎了，屋里的灯光像橘子汽水一样泼出来，同时还有他们家人七嘴八舌的喊叫。因为激动，所有人说的都是湖南土话，我只能听懂个大意。她妈说陈金芳"翅膀没硬就想飞"，还说她"忘本"；她姐的话更实际一点儿，表示已经供她吃、供她穿好几年了，以后不想再供下去，"不养吃闲饭的"。

陈金芳针锋相对地反击，指出自己一直都在干活儿，何来吃闲饭一说？又表示留在北京，她也不住姐姐家了，"死就让我死到街上，反正你们也不是没把我轰出去过"。她越说越激动，同样的意思颠来倒去地重复了好几遍，最后干脆变成了尖厉的叫喊。那简直是泣血的哀号，虽然站在远处，我只能看见她颤抖不停的身影，但我猜想，她一定是目眦尽裂的，甚至仿佛从嘴里长出了獠牙。

她喊得最响的一句话，是用普通话说的："你们把我领到北京，为什么又让我走？为什么又让我走？"

这么喊的时候，她好像把体内所有的气一口喷出，随时都会晕倒在地。而没过两秒钟，陈金芳就真的倒了。她姐姐抄起了一只擀面杖，像在食堂抢勺子一样抢起来，画了个完整的弧线，落到陈金芳的天灵盖上。

打完之后，她姐也傻了，擀面杖扑棱掉到地上。门外两个看热闹的邻居叫起来："出人命啦！"而这时候，还是默不作声的许福龙比较冷静，他弯腰抱起陈金芳，撞开门，往医务室跑去。一大群人沸反盈天地经过时，我不由自主地往旁边让了两步，同时看见陈金芳在她姐夫胳膊上起伏的身体弧线，看见她的胸脯大幅度地隆起、下降。我还看见黑红色的黏稠的液体顺着她的脖子流下来，稀稀拉拉地洒在地上。

此后的两天，在上学的路上，我都能看到陈金芳洒在水泥路面上的血迹。那些血滴还算新鲜的时候，被清晨的阳光照耀得颇为灿烂，远看像是开了一串星星点点的花，是迎国庆时大院儿门口摆放的"串儿红"。没过多久，血就干涸污浊了，被蚂蚁啃掉了，被车轮带走了。而那起家庭暴力事件的后果，则是陈金芳付出了惨痛的代价，终于留在了北京。她继续沉默着出现在学校里，被同学们排挤、欺负，也继续在暗夜里来到我窗下，听我拉琴。

但自始至终，我也没有隔窗与她说过一句话。

4

再后来，我们就毕业了。凭借小提琴这个特长，我被圆明园那边的一所重点中学招收，开始了平时住校、假期才回家的生活。作为"金帆乐团"的首席小提琴，我有了许多相当正式的演出机会，参加过和国外学校合办的音乐夏令营，还跟不少"科教文卫"系统的头头脑脑握过手。我与陈金芳那拉琴和听琴的关系自然就此终止。那就像一个无关紧要的秘密，转眼就被当事人忘得干干净净。

在此后的日子里，我们仅仅见过屈指可数的几面。

记得有一次见她，是在高一结束，快上高二的时候。当时我刚参加完暑期的"全国青少年音乐联展"，带着一身海腥味儿从青岛回来。连着游了几天泳，再加上刚下火车，我疲倦得很，经过大院儿斜对面那一排小卖部的时候，一不留神踢倒了两个立在马路牙子上的啤酒瓶。啤酒是半满的，洒了一地白沫，我赶紧弯腰把它们摆正，但为时已晚。两个穿着灯笼般的大肥裤子、脖子上挂着大串金属链子的野小子追了上来，他们骂骂咧咧地推搡我，问我"这事儿怎么办吧"。

那些孩子大都是从近郊来的，有的是职高的学生，还有的干脆辍学在家。很多次，我看见他们把老实巴交的中学生堵在墙角，一边抽嘴巴一边搜兜儿，连人家脚上的球鞋也抢。对于我们这些"大院儿"里的孩子，他们仿佛怀有先天的仇恨，只要碰上落单的决不手软。我话也不敢说，只是一味心惊胆战地后退，而这时，一只刺满了文身、龙飞凤舞的胳膊已经搭到了我的小提琴琴匣上。

"拿来我看看。"那人笑着对我说，嘴里露出一颗缺了一半的门牙。

这人我见过，是个赫赫有名的痞子，因为门牙的原因，外号叫"豁子"。那几年里，附近的恶性案件似乎都跟这人有关。更让我害怕的是，他对我的琴产生了兴趣。那是一把德国仿制的"斯特拉迪瓦里"，是我母亲托了不少人才买到的。

琴匣被粗暴地从肩膀上拽下来，我赶紧把它抱在怀里，同时弯腰蹲了下去。这是宁可挨揍也不撒手的姿势，痞子们果然被我的态度激怒了。他们骂着脏话，揪着我的头发，过不了几秒钟，拳脚就会准确有力地落在我的脸上、肋骨上。

就在这个时候，头顶上有个女声响起来："你们丫撑的吧？"我保持着大便的姿势曲颈看去，望到了陈金芳的脸。

陈金芳穿着一双明黄色的塑料拖鞋，脚指甲都被涂成了艳红，它们星星点点地晃动，不知为何又让我想起了当初洒在水泥地上的血迹。再往上，是牛仔短裤下毕露无遗的大腿。她推开那两个小子，又把豁子拉开："算了算了。"

豁子似笑非笑地问她："你认识这孩子？"

"说不上认识。"陈金芳干脆地说，然后加上了一句，"不过他是我们院儿的。"

听到她这么说，豁子不知为何露出了乏味的表情。他点上一支烟，鄙夷地踢了我屁股一脚："滚蛋。"

我落荒而逃，连头都不敢回。跑到家里，心情渐渐平稳下来，我才开始诧异于陈金芳的巨大变化。让我诧异的倒不是陈金芳突然变得漂亮了，而是我当初从来没意识到她也是有可能漂亮的。她涂了透明唇膏，打了眼影，还染了一头耀眼的黄发，这样的装扮令她的脸棱角分明，甚至具备西方人的立体感。她大面积暴露的肢体散发着蓬勃的、咄咄逼人的肉感。更大的变化发生在她的眼神和表情上，过去那种食草动物一般怯弱、忍辱负重的神态早已无影无踪，取而代之的是肆无忌惮的泼辣与轻佻。再想起是这样一个陈金芳保护了我，我的耻辱感就更强烈了，那感觉比在音乐比赛上被技法更加纯熟的高手"盖"过去更加难以忍受。

当天晚上，院儿里的朋友在食堂的小灶为我接风。听说了我的遭遇后，两个虚张声势的小"顽主"先是号称要"灭了丫豁子"，但没几句话就把话题转到陈金芳身上了。在他们的描述中，陈金芳已经变成了一个著名的"圈子"，和公主坟往西一带大大小小的流氓都有过一腿。那些人中年纪小的和我们同龄，年纪大的足有四十多岁，是"文革"时期遗留下来的"老炮儿"。她被豁子"带着"，也就是近两个月的事儿。与这次转手相伴的，自然又是一场血案，豁子曾经趁夜奇袭过陈金芳上一个"傍尖儿"，用一头裹着布条的钢筋把人家的脚踝打碎了。

此时的陈金芳被塑造成了妖娆、轻浮的红颜祸水，同时还具有莫大的传奇色彩。朋友们眉飞色舞地议论她的时候，已经忘了就在一年前，他们还把她当成一个土包子踹来踹去。她也早就不住在我们院儿的西平房了，而是被谁"带着"，就大大方方地跟谁住到一起。这倒也实现了她当初对她姐姐说过的，"留在北京也不住你们家"的誓言。对于这个臭名昭著的妹妹，也不知她姐姐姐夫做何感想，也许他们管过陈金芳，但管不了，更也许，他们连管都懒得管。她姐的包子馄饨摊儿已经发展壮大，开始兼营给附近的小商铺送盒饭的业务，本来就忙得团团转了。

在青岛那个啤酒之乡，我都没有偷偷从宿舍溜出去喝一杯，那天晚上却不知怎么就喝高了。朋友们还以为我遭到了欺负，还在闷头生气，便纷纷劝慰我说"君子报仇，十年不晚"。我没接他们的话茬儿，独自默默地回了家，坐在自己的床上，垂头看着窗外泻进来的斑驳的月光。

出了会儿神，我突然站起来，拿出琴来。我仍然有点儿眩晕，但竭力站稳双脚，让腰杆笔直，演奏了圣桑的《天鹅》。这是作曲家在1886年完成的《动物狂欢节》组曲中的一个段落，旋律凄美哀婉，叫人心碎。

如今想来，我颇为当时的自己感到不好意思：哪儿来的那一股子泛滥的纯情劲儿啊，简直像怡红公子一样，逮着个女的就能觍着脸对人家感时伤怀。我一边拉琴，一边抬眼望着窗外白杨树肃然的黑影，忧伤地寻觅着。我期待自己能像当初一样，发现陈金芳背手靠在树干上。如果这一幕出现的话，我会直视她早已大变的容貌，真诚地感受她浑身上下散发出来的少女的光彩。我还臆想着听我拉琴的时候，她那女流氓式的、满脸浑不吝的表情也消失了，取而代之的则是一派沉静与专注……她的脸上甚至还会带着和我一样的忧伤。

可是很遗憾，那天晚上，陈金芳压根儿就没在我的窗外出现过。理性地想一想，她再也没必要来了啊。以豁子为首的那帮人刚刚向她拉开了新舞台的大幕，她不仅留在了北京，而且陡然意识到自己成了红人儿，晚上正是她忙得不亦乐乎的时候。我的朋友们声称在很多"上档次"的地方看见过她，比如说"民族饭店"旁边新开的那家韩国烤肉店，再比如首体南路上的滚轴溜冰场，甚至还有崇文门外久负盛名的"马克西姆"餐厅。"带上"她之后，豁子还买了一辆二手的菲亚特"乌诺"轿车，这在当时的年轻人中，绝对称得上是石破天惊之举了。要知道，在九十年代中后期，司局级干部才能坐上国家配备的老款"丰田"或者"尼桑"，而拥有一辆私家汽车，无论大小，都已经是典型的"成功人士"的标志了。

也就是说，变成了"圈子"的陈金芳再也不需要到我这儿来解闷了。我们演奏者和听众的关系就此宣告结束。想明白这一点之后，我终于停止了拉琴。我的心里突然涌上了被人抛弃的感觉，假如再矫情一点儿，我几乎要吟出一句"从此萧郎是路人"之类的屁话了。可是不得不承认，在此以前，我是从来没打心眼儿里看得起过陈金芳啊。如今人家不来了，我倒一厢情愿地煽起情来……我他妈什么玩意儿啊。

那也是我第一次意识到自己身上充满了虚伪的、专属于知识分子的恶劣脾性。也怪了，从这个角度认清自己之后，先前的羞耻感反而消失了。我几乎是如释重负地躺到床上，转眼就睡着了。

在那之后，我还见过几次陈金芳，都是在暑假或者寒假期间。朋友们对于她的传言，有一些在我这儿得到了证实，有一些则存在出入。比如说，豁子的确开了一辆"乌诺"轿车，带着她穿街过巷，但那车并不只是为了兜风而买的，他们还用它来拉货。万寿路南边有一个小商品批发市场，豁子使出泼大粪、扔砖头等一系列青皮手段赶走了几个浙江人，接管了人家的摊位，陈金芳顺势又摇身一变，成了一个老板娘，专卖广东生产的便宜服装。我到那市场去给谱架配螺丝时，曾看见她着装艳丽地端坐在摊位后面，豁子则满头大汗地跑进跑出，从停在门外的车里将鼓鼓囊囊的蛇皮袋扛进来。此时此刻，他们的形象就不是流氓和"圈子"了，而是像极了一对勤勤恳恳的小买卖人。尤其是陈金芳，她与顾客讨价还价时那副熟练、老到的口气，让人很难相信她连十八岁都不到。只是在有人问起她本人身上穿的、质地明显精致得多的衣服"有没有货"时，轻佻傲慢的表情才会回到她脸上。

"想买这个呀？那得奔'燕莎'。"陈金芳翻了个小白眼说，同时对豁子扑哧一乐。

看起来，陈金芳对眼下的生活状态充满了死心塌地的热情。按照这种趋势，她在此后几年、十几年中的轨迹几乎是可以想见的。机会遍地都有，只要能吃苦会算计，没有什么"背景"的人也能混得丰衣足食，甚至还能发笔小财，一跃进入暴发户的行列。陈金芳和豁子算不算得上情投意合谁也说不好，但起码，这两人应该有一个共同点，就是都对金钱有着强烈的攫取欲；而在"兄妹开荒"的生涯里，他们的性格也会逐渐被磨砺得踏实、安稳。尤其是豁子，不大不小地吃几次亏，就能让他学会收敛自己的流氓习性和暴脾气。等到他们"姘"累了，会自然而然地结婚，繁殖后代，那时的豁子多半会梳上一个大背头，胳肢窝底下夹着真皮手包，整天忙活的事儿不是满嘴跑火车地谈生意，就是通宵达旦地打麻将；陈金芳呢，她的身体会发胖，她的皮肤和头发会一起变得干黄，她的手上脖子上还会戴个半斤八两的金首饰，她会满嘴脏话地骂丈夫骂孩子，但又随时随地琢磨着能为自家人占点儿什么便宜……

千万别认为我的这番形容有讽刺之嫌，告诉你，这就是那年头的男女"顽主"们浪子回头之后的典型形象。这也是我作为一个同学，对陈金芳报以的相当务实的祝福了。

可是无须展望多年以后，仅仅才过了不到两年，陈金芳就证明了我对她的预期是错误的。与此同时，我还让我母亲对我的预期也落了空。高中毕业后，我没有进入音乐学院，而是被迫改投了一所综合大学。尽管我从小到大拿过厚厚的一摞获奖证书，但却在最关键的"艺考"环节中被淘汰了。主持考试的教授对我的评价是：技巧有余但却缺乏灵感，如同一座过早发掘殆尽的贫矿，提升空间极其有限。他们断定我无论再怎么苦练，也不可能成为一个真正的演奏家，顶多作为一个娴熟的匠人在音乐圈儿里混日子。平心而论，这样的认识不可谓不客观，连我自己都心服口服。

也许是不忍心看到我那么多年的琴白练了，两个好心的老师还把我推荐给了普通高校的管弦乐团，为我换来了几十分的特长生加分。尽管最终拿到了烫金的录取通知书，但我的心情仍然颓丧极了，整个人沉浸在漫无边际的失败主义情绪之中。我对小提琴也迸发出了一种近乎生理性的厌恶，几乎一看见那玩意儿就想吐——这也是许多专业琴手改行之后的普遍反应。上大学之前的那个暑假，家人不爱搭理我，我也不想跟他们说话，整天不是把自己闷在屋里，就是骑着自行车在街上闲逛。我黑了一圈儿也瘦了一圈儿，骑车的时候也不抬头看路，而是低头盯着柏油路面上的斑点如蚂蚁迁徙般涌向身后。我还会恶狠狠地诅咒自己：让车撞死才好呢。

有那么一次，我骑着骑着，便真的撞上了什么东西。很遗憾也很庆幸，不是迎面而来的大卡车，而是前方的一辆三轮车。骑车那老头儿也没有嗔怪我，而是像掏自个儿裤裆那样按着车闸，抻着脖子朝马路对面看热闹。

那里围了一圈儿人，尖厉的叫声不时响起。因为正在垂头丧气，我没心思看热闹，便想绕过那辆三轮车，继续漫无目的地游荡。但又一声女人的叫喊传过来，令我像听到熟人的召唤一样，不由自主地扭头。我果然在人堆里看见了陈金芳。

她斜坐在地上，背对着一家门脸崭新的服装店，店面的两扇玻璃门上分别印着血红的大字，一边是"精品"，一边是"时尚"。阳光滑过红字照在她脸上，仿佛流得一头一脸都是血。而她脸上确实还附着许多汁液，大概是眼泪、鼻涕和口水混合而成的。陈金芳捂着她的腰，大口地喘气，旁边的豁子却揪起她的头发，令她像某种水鸟一样抻着脖子仰面朝天，同时用脚狠狠地踩向她的小腹与胯骨，发出了噗噗的声音，很像在踩一只暖水袋。男人打女人本来就很刺激，何况是打一个蜜桃般的年轻姑娘，群众发出轰然的感慨，有人不凉不热地劝架，却没人真上来阻拦一下。而在挨打的过程中，陈金芳始终是一言不发的，她只是尖叫，嗷一声，又嗷一声。我突然想起来，过去遭到班上同学欺负时，她也是这个反应。她就像个一捏就响的橡胶娃娃，当疼痛转瞬即逝，她便会归于平静。

也不知是怎么了，血腾地充满了我的脑袋。我头晕眼花，四肢却几乎自主地运转了起来：下车，过马路，冲进人堆，照着豁子的肚子踹了一脚。我从来没有真正与人打过架，因此那一脚踹得很没威力，豁子条件反射地侧了下身，就轻易躲开了。但他还是不得不退开一步，与我对峙。我的表情一定是咬牙切齿的，心里却绝无英雄救美的豪迈气概，而是一片百草荒芜的颓丧。学琴不成，苦功尽废，对自己深深的失望在这一刻膨胀发酵，演变成了破罐子破摔的寻死欲望。陈金芳被打成什么样我才不管呢，我的真实念头，竟然是想借助豁子的手，让他一刀把自己捅了。

我的出现登时让旁观者们"哦"了一声，我猜，他们中的许多人一定把思路往情感纠纷上引了：俩小伙子为了个"圈子"当街动手，多么俗套又多么让人激动。而豁子果然挺配合我的想法，他嘟囔了一句"你丫作死吧"，眼眶里流出空洞的、狼一般的光来。他的右手则缓缓地向牛仔短裤的屁兜儿摸过去。这种人出门都是随身带刀的。从他的眼里，我仿佛已经看到了自己的下场：血溅五步，像狗一样趴在水泥地上，四肢间或抽一下筋。这副耻辱的样子是多么适合给虚无的、没有意义的人生画上句号啊，十八岁的我盖棺论定地想。我的两腿开始打战，括约肌几乎失灵，费了好大劲儿才没让自己当众尿出来。这不是因为我怕死，而是我正在准备受死。

但只一转眼的工夫，那让人血脉沸腾、灵魂出窍的时刻就结束了。豁子插在屁兜儿里的手刚掏出来，便被一个匆匆赶来的警察攥住。警察熟练地使了个绊儿，把他摁倒在地，手反剪在背后上了铐子，然后一边擦汗，一边公事公办地询问怎么回事儿。

群众七嘴八舌，半天也没讲出个头绪。而此时，豁子却一反常态，露出近乎委屈的表情来。他撅着屁股，脸被摁在水泥地上，斜着眼睛看向陈金芳，缺了个口儿的门牙发出咝咝的哨音来。

"你是不是不想过了……"他挣扎着对她说，口气与其说是质问，倒不如说像是哀求，"你还有什么不知足的？"

陈金芳呢，她仍沉默不语。她的手还捂在小腹与胯骨的交界处，但表情是淡漠的，近乎凛然。面对豁子被挤得变形的脸，她的眼神如同在看一个陌生人。无论是警察还是围观的人，都竖着耳朵等她说点儿什么，但陈金芳始终没开口。她就那么坐着，仿佛出神入定了。

"你还有什么不知足的?"豁子又叫唤了一声。

警察倒是一副见多识广的样子，他嗤笑一声，拽起豁子，塞进微型面包车改装成的110巡逻车："甭跟这儿散德行了，有话到所里交代去吧——那女的，你也得去。"

陈金芳便顺从着站起来，却没走向巡逻车，而是一瘸一拐地往店门里走进去。这时警察又把注意力转向了我："有你事儿没有?"

我还没说话，陈金芳头也不回地甩过来一句："没他事儿。"

"哦，那你算见义勇为的? 见义勇为也得讲究方式方法是不是?"警察晃了晃从豁子那儿缴获的三棱匕首，换了种推心置腹的口气对我说，"听我一句话，国家少了你照转，你们家少了你——不行。"

然后他拍拍我的肩膀，让我哪儿来的回哪儿去，"就没工夫给你写表扬信了"。在众人的注视下，我仍浑浑噩噩，却没离开，而是跟在陈金芳的身后，拐进了店面。这是个新开的服装店，刚装修好，地砖的缝隙还勾着白边儿，不锈钢衣架上空空荡荡的，尚未来得及罗列任何商品。店面后面，有个简易的卫生间，陈金芳缓缓走到带镜子的洗手池前，仔细地梳洗。她拿毛巾把脸上的各种汁液擦拭干净，又长久地凝视镜子里的自己。站在她背后，我看见她眼眶和颧骨上泛起的大块瘀青，也看见她正透过镜子看着我。

毫无预料地，陈金芳转过身来，像鸟一样张开双臂。我便如同受到了什么神秘的召唤，一头扎过去和她拥抱。论个头儿，我已经比她高出不少，但身体却不知不觉地越陷越低，直到单腿跪着，脸埋在她的胸前。在摩挲的过程中，我感到她已经膨胀得相当可观的胸脯反复蹭着我的面颊、耳朵。我把它们挤得变形，它们则让我险些窒息。这还是我有生以来头一次与女性如此密切地肌肤相亲呢，那种气息和质感只在我的春梦里出现过。但是此时此刻，我却毫无邪念，就连少男下意识的血脉贲张也没有发生。我心里很清楚，这是一个失意人和另一个失意人的拥抱。陈金芳散发着近乎母性的慈爱，而我则想要从她那儿得到安慰。我希望有一个人和声细语地对我说：没关系，你所经历的都是小事儿，不妨碍世界照转生活照过……然而没人说话。我只能箍起臂膀，把陈金芳的腰越勒越紧。

和她相拥的时候，我是不是没出息地哭了，蹭了她一前襟的鼻涕眼泪？这个细节我是真忘了。但陈金芳的气味和触感却像吱吱冒烟的烙铁，在我的感官中留下了真切、不可磨灭的记号。

过了些日子，我顺理成章地到大学报了到。我父母大概认可了我这辈子必将沦为一个庸人的前景，从此对我的事儿不闻不问。我呢，更是年纪轻轻便开始学习用混吃等死的心态应对生活，并且成效斐然。因为脾气出奇的随和，谈吐又不令人生厌，我在脂粉堆里相当如鱼得水，很快就交上了固定的和不固定的女朋友。记得第一次和女孩在路灯底下拥吻时，那姑娘突然推开我，认真地问："你以前没和别人这样过吧？"

我居然无言以对。这让她失望极了，那副表情简直像美国宇航员阿姆斯特朗跨出"人类的一大步"后，蓦然看到月球上插着苏联国旗。再往后我就学精了。当外语系的系花茉莉问出类似的话时，我先考虑了一下自己是否真的爱上了她，得到肯定的答案后，我笃定地说："当然没有，一直守身如玉地等着你呢。"

"骗人吧你？"茉莉既欣喜又羞涩地埋下了头。啊，原来她们在乎的只是一个态度。

在此情此景中，我会不可遏制地想到陈金芳。这时我陡然意识到，以前把她视为无关紧要的陌路人，这是在骗自己呢。陈金芳变成了我记忆中诡异的存在，她不是我的初恋，却又恍若初恋，她没跟我说过几句完整的话，却又是我绝无仅有的倾诉对象。这样的关系，从她第一次站在我窗外听琴的时候，就埋下了种子。然而现在琴已经被我束之高阁，陈金芳也不知去向了。

周末从大学回家的时候，我曾经专门去过最后一次见到陈金芳的那条街。街道没怎么变样，但服装店的店门已经紧闭，挂着小孩儿手腕粗的链子锁，张贴着转租广告。许福龙倒是又在我们院儿的食堂干了两年，陈金芳她姐的馄饨摊儿则因为卫生不达标被取缔了。后来，这对夫妻也离开了北京，据说是回老家继续开饭馆了。至此，陈金芳和她的家人像是电线杆子上贴的小广告，拿高压水枪一冲，转眼就不留痕迹。对于北京这座城市而言，这也是大多数外来者的命运吧。

曾经"带着"陈金芳的骟子，倒是与我有过一次不期而遇。那是在我大学刚刚毕业的2002年，帕尔曼第二次来华，他先在上海音乐学院开设了为期三周的"音乐大师班"，然后在北京举办名为"贝多芬之夜"的专场演出。因为小提琴已经成了我的心病，那次演出我本来不想去听，但又恰恰因为心病，开演当天，我便开始坐卧不安。踌躇良久，我最终还是坐车赶往人民大会堂。这时票已售罄，各路神仙正飘然入场，一队蛮横又神秘的豪华汽车直接堵住了会场入口，穿黑西服的警卫簇拥着一个打扮得像绣球似的胖老太太走出来，并厉声呵斥记者："别瞎拍。"

我在台阶下的小广场上晃悠着，想等黄牛上来搭讪。几分钟以后，果然有一个男人凑近过来，像电影里的特务接头一般掀开夹克衫的一角："要票吗？"

"多少钱？"

"八百。"

"没那么多钱。"我说。这是实话，那时候我刚到一家国有事业单位上班，工资少得可怜，几乎每个月底都得到父母那儿蹭吃蹭喝。

那人转身就走，同时轻蔑地骂了一句："操，没钱到这儿干吗来了？"

正是这个"操"，让我留意起这个在黑暗中面目不清的票贩子来。他的上舌音发得很不标准，听起来好像是漏气了。我跟上两步，借着一辆汽车的灯光，果然看清了豁子门牙上的那个洞。

他也认出了我，愣了一下："你还好这口儿呢？"

我点点头，同时恍惚感到自己和他之间还有什么事儿没"了"。他不会再续前缘地捅上我一刀吧？豁子却咧开嘴，近乎粲然地笑了，然后以亲热的口气跟我谈起生意来。他表示，看在"过去在一片儿混"的情分上，可以给五百块钱把票转给我。

"这票我弄来也费劲，还得到院里找人去。"

但这个价格也超过了我的承受能力。我拒绝了他，索然地点上支烟，望着远处影影绰绰的人民英雄纪念碑发呆。

又过了一会儿，演出正式开始了，广场上的人群稀落了许多。豁子兜售了一圈儿，票仍没出手，便又绕回到我面前："一口价，二百。你还能听上上半场。"

我兜里的钱恰好还剩二百多。但这时我却改了主意："算了。"

"别再往下砍了，这票进价就得二百。"他抬手看了看表，焦急地说。

我还没有答复他，却望见大会堂的工作人员已经在关闭正门了。十五分钟的最后入场期限到了，豁子的票彻底砸手里了。他的两个嘴角滑稽地撇了下去，既像哭又像笑，但却什么也没说，垂头丧气地转身离开。

我却追上去，邀请他找地儿喝一杯。豁子诧异了一下，随后和我乘公交车来到西单电报大楼侧面的一家酒吧。两杯啤酒下肚，他的情绪好了起来，话又碎又密。我们聊到了过去"那一片儿"的几桩神人神事儿，发现共同认识的人还真不少。显而易见，豁子如今混得不怎么样，掏出来的烟已经不是"万宝路"，而是两块五的"都宝"了。他在追溯自己当年是如何挥斥方遒时，透出一种滑稽的英雄迟暮的气息。随着生活越发光怪陆离，那一代"顽主"的好日子终于过去了。而我则看准时机，把话题引到陈金芳身上。

"当初为了个'婆子'差点儿跟你翻脸……用你们的话说，这就叫老鼠操猫×吧？你跟她很熟？"

"真就是同学，在班上几乎不说话。你掏刀子的时候我差点儿都尿了。"

豁子爽朗地摆了摆手："没必要害怕，其实我也是外强中干，就想吓唬吓唬你……再说后来警察不是来了吗？"

说到陈金芳的时候，豁子倒是心态平和。他歪着脑袋思考了半天，最后下了这样一个结论："这女的，最大的优点就是——活儿好。"

"我没体验过……"

"那挺遗憾的。我前面'带'过她的那几个人也这么说。"

至于其他方面，豁子对陈金芳其人的评价基本是负面的。他认为她没见识、上不了台面儿，脑子也笨，甚至还不讲卫生，"为了把丫身上的泥儿搓干净，那阵儿没少买老丝瓜"。他还后悔拿出本金来让陈金芳做服装生意，那买卖看似红火兴旺，实则由于不善经营，很快就赔了个底儿掉。而陈金芳呢，丝毫没为两人的生计考虑过，手头已经很紧了，却还一个劲儿地逛商场、吃西餐，每逢北京有小剧场话剧、音乐会之类的演出，都会死磨硬泡地让豁子给她买票。他如今干的这生计，就是当年蹚出来的路子。

"她整个儿一傻×。刚进城的山炮我见多了，但就是没见过这么急吼吼地想要变成贵族的。"豁子越说越激动，索性既厌恶又懊恼地骂起街来，"我那时候真是色迷心窍，为了她跟老家都闹掰了，我妈干脆搬到我舅舅家住着去了……就这样丫还不知足呢，后来居然偷偷把店里所有的钱都拿出去，说是想买钢琴。我实在寒了心了，索性抽了她一顿，让她滚蛋……你那时候也够没眼力见儿的，上来就跟我姥翅子，现在你评评理，那事儿换你你不跟她急？"

我莫名其妙地一激灵："你说她要买什么？"

"操，钢琴。"豁子门牙漏气儿地说，"她也不知在哪儿认识了个乐团退下来的辅导老师，人家说她手长适合学乐器，她就死活非要买那玩意儿。当时我们刚刚把摊儿盘出去，租了个门脸房，手里就剩两万多块钱准备到广东上货呢。我刚开始也好好劝她来着，我说就算你真喜欢'音药'，你能保证自己变成钢琴家靠它吃饭吗？顶多是一业余爱好，想买也得等挣了钱再说呀。可她就是不听，跟疯了似的，我把钱锁抽屉里，她愣拿改锥撬开了……说实话，我到现在都不明白这人脑子里想的到底是什么……"

　　至此，我总算知道了豁子当街暴打陈金芳的前因后果。实话实说，仅论这桩事情，大部分人都能体会到豁子的委屈和苦衷。他浪子回头，对陈金芳仁至义尽，这样的故事简直像是从九十年代的香港烂片儿里扒出来的——可惜遇人不淑，满腔热血奉献给了一头欲壑难填的白眼儿狼。但再想到陈金芳，我固然不能否认虚荣、肤浅这些基于公序良俗的判断，但仍然感到了一股难以言明的悲凉。她曾经像孤魂野鬼一样站在我窗外听琴，好不容易留在了北京，却又因为一架钢琴重新变成了孤魂野鬼。滑稽的是，力劝陈金芳买钢琴的那位"辅导老师"，我也是认识的。那人水平其实还算可以，给不少小有名气的美声歌手当过伴奏，只不过说话办事完全像个神棍。他有个副业，是充当一家日本琴行的"顾问"，说白了就是推销雅马哈钢琴。为了那点儿提成，每当遇上傻乎乎的妇女儿童，他都会摩挲着人家的手惊叹："这跨度，这力度，不弹钢琴就是暴殄天物。"

　　我自然还联想到了自己学习音乐的经历。与陈金芳相反，我自打懂事儿伊始，就被家人往脖子上按了一把昂贵的小提琴。我没有过选择爱好的权力，因此感受到了和陈金芳相同的、孤魂野鬼一般的寂寥。最戏剧性的，莫过于我们两人的结局：无论幸运与否，到头来都与音乐无缘。这么想来，当年我们那演奏者和听众的关系，又是多么的虚妄啊，虚妄得根本就不应该发生才好。

我那天晚上喝得酩酊大醉，自己的钱花光了，又揪着豁子的脖领子，抢他的钱包继续买酒。豁子也喝高了，他嘴里吹着哨儿，把作废的帕尔曼音乐会门票掏出来，用打火机点着，和我对火儿抽了支烟。火苗把酒吧老板吓了一跳，他果断地把我们轰了出去。出了门，豁子犹在搂着我的肩膀抒情，含混不清地说"你这个朋友我交晚了"，我则把他甩在马路牙子上，头也不回地走了。

自从那次见过豁子，陈金芳在我的生活中便彻底断了音信。我到底没弄清她去了哪儿，也不再关心她去了哪儿。没想到，当我把她遗忘之后，陈金芳却又回来了。

5

在帕尔曼第三次来华的音乐会上偶遇后，我和陈金芳并没有马上建立起联系来。原因很简单，我本人陷入了前所未有的意志消沉。我离婚了。

离婚的责任当然在我，对于这一点，我从不讳言。经过多年的自我培养，我终于变成了一个彻头彻尾的混子。大学凑合着毕业以后，我父母最后对我尽了一次心，把我塞进一家旱涝保收的国家单位，但只干了一年多，我就辞了职。打着"献身艺术"的旗号，我一边写着电影评论，一边做起了小剧场戏剧策划。在文化产业虚假繁荣的大背景下，我的几个创意还真被搬上了舞台，但很快，我就发现自己不是那块料。更要命的是，我跟几个编剧导演合股创办的那家皮包公司转眼就真的只剩了一只皮包，包里装着几部胎死腹中的剧本，此外还有一把欠条和两张法院传票。吃完散伙饭，我回到家，醉眼蒙眬地问我老婆茉莉："你在那个外企到底混得怎么样？"

结婚以后，这是我第一次打听她的收入，听到的数字差点儿把我鼻子气歪了——早知道守着这么个金矿，我还出去瞎折腾什么呀。进而，我潇洒地宣布："那我可开始吃软饭了啊。"

茉莉真是个侠骨柔肠的好姑娘。当初要跟我结婚的时候，她们家人就不同意，可她被猪油蒙了心，愣是谎称怀孕跟我把证儿领了。我辞职"搞文化"那阵，整天跟她云山雾罩地吹牛，而她却从来没跟我说过她早已经被提到了高级职员的位置。这是在照顾我那脆弱的自尊心呢。再后来，我连自尊都不要了，索性赖在家里吃她的喝她的，她也没表示过什么怨言。

"你这个人唯一的缺点，就是太不催人奋进了。"我曾经厚颜无耻地这样评价她。

她给我的回答则是："那你呢，如果说还剩一个优点的话，那就是特别惹人心疼。"

我一想，她说得还真对。在我们那不长的婚姻生活中，她一直充当着半个老婆半个妈的角色，从身体到心灵全方位地呵护着我。不过人的忍耐能力终究是有限度的，有一天，她犹豫地告诉我，那家跨国公司把她送进了美国的商学院，毕业之后将转到洛杉矶去工作。

我叹了口气，对她说："那我就不拖你的后腿了。"

茉莉哭了，执意把存款都留给我。她的钱我本来没脸再要了，可她却说："如果你不要，那就是你甩了我而不是我甩了你了。我是女的，我更需要自尊。"

我只好顺坡下驴："嗯，那我就让你甩一次吧。"

我那早已像破抹布一样的自尊，居然卖出了如此丰厚的"包圆价"。离婚的事宜处理得非常快，我把茉莉送到机场，心平气和地勉励她："祖国人民盼着你争光呢。"而把这事儿通知我父母后，他们的态度居然是基于恨铁不成钢的幸灾乐祸。

　　"活该，"我父亲痛快地说，"谁跟你过谁受罪，我坚决支持茉莉休了你。要搁三十年前，我还到居委会把你当盲流举报了呢。"

　　然后他们就把海南的房子装修好，到那边老有所乐去了。所幸，在一片众叛亲离中，和我臭味相投的大学同学 b 哥收留了我，将我聘为他控股的一份画报的"文化版副主任"。凭借这个施舍来的闲职和前老婆留下的积蓄，我的生计总算有了着落，而因为无人约束，我索性过上了昼夜颠倒的放纵生活。那一阵子，我成了好几个糜烂圈子里的常客，哪怕不是圈儿内的饭局，只要能拐弯抹角扯上点儿关系我也踊跃参加——坐下就开始灌自己，喝好了便天南海北地插科打诨。久而久之，我落下了个"散仙儿"的称号，半熟不熟的酒肉朋友如同过江之鲫。付出了酒精肝和大脑轻度缺氧的代价后，我终于成功地克服了那如影随形、让人几乎想要自杀的抑郁。

　　2012 年刚入冬，一位小有名气的画家在"798 艺术区"开办个人展览，凑了大批闲人前去捧场，也给我打了电话。这人的画风就像他的经历一样复杂多变：最早是宏大题材油画，入选过好几个省宣传部的"重点扶持名单"；后来山东那边的官场盛行拿国画送礼，他就现学了半年"大写意"，牡丹花倒也画得雍容富贵；这两年大量游资涌向当代艺术领域，他又笔锋一转，创立了"立体现实主义的政治波普"这个流派——代表作是发廊小姐光着屁股学理论，点睛之笔在于画中人的毛不是画的，而是不知从哪儿找了一撮真毛粘上去的。

"芬兰伏特加管够，糊弄完那帮人傻钱多的老帽儿，咱们在院子里铜锅涮鲍鱼。"画家热诚地撺掇我。

我打了个哈哈："就怕喝高了被你雁过拔毛。"

"放心，有女眷就不会用臭男人的毛。我可是如假包换的现实主义画家。"

我粗野地与其对笑，挂了电话出门。天色阴沉，太阳在鸡蛋壳似的云层后面透出些微光来，半空中飘洒着零零星星的雪花。车开到东四环上，恰好碰上某国元首偕夫人访华，警察封路造成了大范围拥堵，当我好容易蹭到画展现场，那个废弃厂房里已经挤满了秃子、大胡子和冷天里浑不吝地穿着旗袍的女人。众人像反刍的偶蹄科动物一样来回踱步，煞有介事地交头接耳。

"盛况空前吧？"画家踌躇满志地搂着我的肩膀，给了我一个俄罗斯式的熊抱。

"嗯，大家装×都装得很在状态，就不需要我再煽风点火了。"

"报道也不用你写，美院俩学生会把通稿发给你。"他塞给我一只酒杯，把我引到休息区："留点儿量别喝高了，一会儿还有几位有分量的人要来呢。"

我靠在沙发上，和几个点头之交的"画评家"聊着天，不知不觉混到了天黑。这时，展区的普通观众已经基本散去，画家也接受完了采访，却仍庄重地站在门口，片刻从外面迎进一小队人来。

这就是所谓"有分量的人"了。领头那个我在新闻里见过，是个什么协会的副主席，他身后跟着的，则是几个艺术品投资商和画廊老板。在队尾，我赫然看见了陈金芳。她今天穿着一件纯白的雪貂短大衣，头发像宋氏三姐妹似的在脑后绾了个鬏儿，正热络地和一个核桃般满脸皱纹的男人聊天。上次开车接她那个小伙子侍立在陈金芳身后，眼馋似的东张西望。

我站起来，对她扬扬手。陈金芳却对再次偶遇并不吃惊，她对我笑笑，继续与人说话。画家忙前忙后地招呼这群人，又开了两瓶"正宗的波尔多"。看画的过程中，一旦谁提出什么问题，他立刻会出现在那人身旁，详尽地解释自己的"创作动机"。一时间倒好像在七仙女中使了分身法的猢狲。

要客并不久留，副主席祝贺完画展圆满成功，就带着秘书翩然离去了。投资商们预订了几幅并不贵的作品，也集体告辞。只有陈金芳没走，她说自己公司恰好没事儿，回去路又堵，索性留下来蹭饭。

画家豪迈地挥手招呼工作人员："摆桌，支锅子。"

晚宴是在厂房一侧搭建的玻璃棚子里召开的，四面都是一片飘飘荡荡的雪景，大马力的空调暖风却让女客们脱了外衣，露出白晃晃的膀子，视觉效果相当奇异。有个风雅之士掉书袋，说《儒林外史》里也有异曲同工的赏雪亭。我端着酒杯坐在一只铜锅对面，陈金芳也凑了过来。她从包里拿出化妆镜，审视了一下自己的容貌，我给她倒了小半杯红酒。

这时她才跟我说话，上来就是嗔怪："你怎么也不跟我联系呀？"

"知道你现在是忙人。"

陈金芳嘟着嘴，攥起拳头打了我一下："你这人最没劲了，不就是不爱理我吗？"

看到她跟我一派烂熟的模样，旁人不免对我有了几分艳羡。画家来到我们身后，搂着我们的肩膀往一块儿挤："你们以前认识啊？怎么也不告诉我？"

　　"……多少年的交情了。"我含糊着搪塞。陈金芳则面无表情地给自己夹着醋拌裙带菜。

　　"那我就省事儿了。"画家用力拍着我说，"替我照顾好她。要是人家有什么不满意，我拿你是问。"

　　话虽这么说，吃起来之后，画家还是殷勤得紧，屡次三番绕回来向陈金芳敬酒，并要求她一定要尝尝听音乐长大的雪花肥牛："嚼没嚼出勃拉姆斯的味儿？"他的举动很好理解：即使不是作为席间仅存的"要客"，陈金芳也称得上在场女性中最出彩的一个了。她不疏不密地笑着，坦然接受主人的恭维，显得仪态万方。

　　我有点儿坐不住了，站起来要给画家腾地儿："要不咱俩换换，你坐我这儿？"

　　陈金芳马上拽了拽我的袖子："咱们还有好多话没说呢。"

　　对面的两个人挤对画家"不识趣儿"，弄得他有点儿尴尬。陈金芳便主动跟画家碰了下杯，宣布自己已经跟柏林的一个基金会达成了合作意向，准备把中国"有创造性的"艺术家集体打包，推出去一批，名单上一定会有他的名字；假以时日，海外画展也是水到渠成的了。画家正忙不迭地表示自己"也不是那么在乎虚名"，陈金芳又随意指了指那个跟着她来的小伙子："这是胡马尼，虽然没上过美院，但是是一个挺有才华的民间画家。现在他在我那儿帮点儿忙，以后还请你多提携。"

　　"名字挺有意思，"画家跟小伙子握手，"异族？"

"不不，艺名。"胡马尼双手递上名片。

他们寒暄的时候，陈金芳又扯着我嘀咕起来："这人你觉得怎么样？"

我瞥了瞥画家："你说的是人还是作品？"

"假如把人当成作品包装一下呢，唬不唬得住人？"

"没准儿吧……不过像这样的，宋庄那边一抓一大把，价钱都比他低。"

陈金芳很内行地与我相视而笑，再往下聊开去，口气就真像是贴心贴肺的"自己人"了。她说她刚转行做"艺术品"这个行当，虽然颇受几个半官方行会头目的赏识，但毕竟在圈子内人脉还不够熟。我说可以帮她介绍一些人，提了几个名字，果然让她大感兴趣。然后她又拉着我去给桌面上的其他人敬酒，倒把胡马尼撂在了一边。几杯下肚，我也孟浪起来，说了几个半荤不素的笑话，逗得那群人直拍桌子。

一顿饭吃完，已经近夜。雪下得越发大了，外面路灯下的空地亮如白昼。我果然喝多了，不能开车回去。打电话叫代驾，人家嫌天气不好不愿意来。画家劝我索性在展厅楼上的办公室凑合一夜算了，陈金芳却有个提议：她开我的车送我回去，胡马尼再开着她的车到我家门口接她。我说太麻烦了没必要，她却不由分说地从我手里抓过了车钥匙。

一行人出门上车。胡马尼钻进那辆"英菲尼迪"时，我分明看到他向我投来气鼓鼓的眼神。这让我有点儿惴惴的：谁知道那小伙子跟陈金芳是什么关系呢？每次都看见他们出双入对的。于是我对陈金芳说："不合适吧？那么使唤人家。"

"你说谁？那孩子？"陈金芳说，"不使唤他使唤谁呀——他以为他是谁呀，一天到晚的不知天高地厚。"

我倒不知道胡马尼到底怎么"不知天高地厚"了，但却明白，就像陈金芳过去的生活我不便再提，她如今的状况我也没必要多问。但是不问过去也不问现在，我和陈金芳眼下的这种熟稔，就像是无凭无据的空中楼阁了。我有点儿索然，把车窗打开条缝，呼吸了两口新鲜、刺激的空气。她的技术显然不大应付得了雪地，再加上我那辆咯吱乱响的雪佛兰很不好开，因此刚开始并没什么话，只是瞪着眼谨慎驾车。但没过一会儿，车驶上紧急撒了一层化雪剂的环路，陈金芳便开始喋喋不休地独白起来了。

我很难抓住陈金芳的谈话思路，那几乎就是杂乱无章的呓语，跳跃得堪比风行一时的"意识流写作"：上一句还在抒发她在事业上的雄心壮志，下一句就开始说她喜欢某家餐厅的装潢。对我的态度呢，也一会儿是孩子气的亲热，一会儿又变成混杂着傲慢的满不在乎了。总之颇让人有错乱感。但比之过去，她已经不再是一个内向的人了，而是变得很热衷于自我表达，并且对自己的生活相当满意。

就这么她说我听，车子开到了公主坟西边那个大院门口。离婚以后，我就搬回了父母的旧房子。陈金芳说："你还住这儿?"

"对，没怎么离开过。"

她忽然沉默了，门岗放行后缓缓开了进去。老家属院早已车满为患，连便道上都停得密密麻麻，我指挥她把车子横在了一块斑秃的草地上，然后立起领子，将她送出院门。

走过尚未拆建翻新的食堂时，陈金芳凝望了两眼，感叹道："都多久没回来了。"这自然让我想起了她姐和许福龙。然后，她又扭头往西望去，找了找过去那片衰败、杂乱的平房，可惜未果——"西平房"在几年前就被拆除了，如今变成了一栋租给保龄球馆和歌舞厅的综合性建筑。

"你可真是锦衣夜行了。"走回院门口，我低头看着她那亮得夺目的雪貂皮大衣，一半恭维一半取笑地说。

陈金芳一笑："说得跟我多想显摆什么似的。"这时胡马尼已经把车停在路边候着了，他正敞着窗子抽烟，也不嫌冷。陈金芳上了车，突然又探出头来，向我做了个打电话的手势："你要不愿意找我，我可找你了啊。"

我挥手和她作别，慢慢往回走去。晚上喝的酒有点儿上头，我的太阳穴一跳一跳地疼，脚踩在积雪上也深一步浅一步的，有两次险些滑倒。拐到某条岔道上，我猛然看见雪地上散落着稀稀拉拉的一串红色，第一反应居然是血，而且错乱地以为是陈金芳当年洒在地上的血。这个想法让我心惊肉跳，幸亏走近了，才看清是一只被扯得稀烂的超市购物袋。谁家狗又撒欢儿了。

6

那次以后，陈金芳果然主动约了我两次，一次是在东四十条的"大董"烤鸭店设宴为某个刚从国外回来的摄影家接风，另一次则是她公司开办的新年聚会。在第二个场合上，我说到做到地为她引见了几个文化口的记者和在绘画圈里"相当有分量"的研究者，也见识了她的公司：地点在北五环外一个区政府开设的"创业产业园"里，三层小楼的一层和二层分租给了咖啡馆和书店，第三层是通透敞亮的办公场所。陈金芳在自己房间的墙上挂满了与各路头面人物的合影，不知是买来还是别人奉送的画作与雕像则杂乱无章地摆在外面的大厅里。一眼就可看出，她的公司还没有正式运转开来，地毯和墙面还散发着化学材料的味道。而在这个园子里，如此这般大大小小的公司起码不下二十家。

她那儿干活的人很少，除了永远在场的胡马尼，其余就是两三个大学还没毕业的实习生。不过这也符合这种公司的特点：人手不必多，只要路子够宽，手头的现金充裕，便可以游刃有余地低买高卖。事实上，这也正是陈金芳给人们留下的印象。她与任何人都能自来熟，盘旋之间挥洒自如，俨然"摆开八仙桌，招待十六方"的社交名媛。三言两语涉及"业务"的时候，她嘴里蹦出来的不是百八十万的数目，就是那些如雷贯耳的名号。

"这位女士是什么来头，你清楚吗？"端着高脚杯分头闲聊时，一个报纸副刊的编辑问我。

"其实真说不上熟，是她非想认识你们，我才招呼你们来的。"我说。

"像她这样的人，基本上逃不出两种可能性。"那位编辑沉吟片刻，一副见多识广的样子，"一是外地哪个土财主的外室，再不就是领导干部的家人。这种买卖投资未必小，赚钱却不见得有保障，有这些资金，开个饭馆要稳妥多了，所以一门心思钻进来的，不少人都是阔小姐开窑子——纯图一乐儿。"

我望了望大厅中央穿着小礼服的陈金芳，饶有兴致地问："那你看她是哪一种呢？"

"都像，也许两者都是吧。"

我笑了笑，不再多嘴，独自走向大厅角落里的那台"山水"音响。音箱上的实木架子里，竖插着好几排古典音乐CD，种类相当之全：莫扎特、贝多芬、门德尔松、西贝柳斯……我挑了张帕尔曼演奏的柴可夫斯基《a小调钢琴三重奏》放进唱机。在这个版本中，与他合作的钢琴家是同样声名赫赫的阿什肯纳齐。但乐声刚一传出来，我便意识到自己的选择很不妥。那旋律太凄凉了，尤其是小提琴部分，简直是在眼泪汪汪地哭诉。事实上，这首乐曲是柴可夫斯基为悼念鲁宾斯坦而写的，是一首不遮不掩的挽歌。《日瓦戈医生》里也提到了这部三重奏，一曲未了，女主人公拉拉就得知了母亲死去的噩耗。

而眼下的场合可是新年聚会呀。满堂的红男绿女都被笼罩在一层古怪的气息里，两个敏感的人狐疑地朝我看过来。我慌了下神，赶紧把那张CD拿出来，随便换了张维瓦尔第的《四季》。直起腰来，我的眼前炸开一片繁花似锦的视觉效果，陈金芳笑盈盈地站在我面前。

因为兴奋，她的脸上直泛红光："谢谢你啊。"

我知道，她指的是我带来的那几位"有用的人"。方才她与他们应酬得很成功，没准儿已经预约下好几个版面的专访了。对于一个名大于实的行业而言，"牛×能吹多大，舞台就有多大"，这是早年成功者的经验之谈。我不好意思地笑笑，谦虚道："真别客气，具体哪块云彩能下雨，还得看你善不善于挖掘了。"

"没看出来你成天无所用心的，其实能量还挺大。"陈金芳举起喝香槟用的郁金香型杯子，跟我碰了一下，"真是朋友多了路好走，我要是早点儿碰见你就好了。"

我意识到，我们之间的谈话正在向特别没劲的方向发展，便没接她的茬儿，掏出烟来点上。她却伸出两个指头，轻巧地从我的烟盒里捏出一支叼在嘴上，等着我为她点火。

不远处的胡马尼又在不满地盯着我们了，此时他的眼神简直是凛然而愤怒的，让人想起刚撒尿划完地盘就被主人轰出去的小狗。这副模样反倒激起了我挑衅的欲望，我故作温存地笑着，响亮地拨开金属打火机的盖儿，欠身为陈金芳把烟点上。她轻轻吸了一口，在过滤嘴上留下了鲜红的唇印。我敢说，她夹着烟横置于脸颊一侧的姿态，多半是从奥黛丽·赫本在《蒂凡尼的早餐》里那张著名的海报上模仿来的。

"跟你说真的呢，我挺想感谢你一下的。"陈金芳重又开腔，"你眼下缺点儿什么，不妨告诉我……"

"第一缺德，第二缺性伴侣——忘了告诉你我前一阵刚离婚。"我条件反射似的打断她，"头一样你帮不上忙，第二样我不大好意思找你帮忙。咱们毕竟小时候就认识，杀熟的事儿我不爱干。"

她仿佛被我的流氓口吻小小地惊着了，半张着嘴一愣，但眼里涌出更多的笑意。随后，她斟酌着措辞道："你这是跟我客气呢吧？我看得出来。虽然我知道跟你说这些挺俗的，但眼下我并不缺钱，而你呢，看起来手头又不那么宽裕……"

"真不是客气。"我索性直抒胸臆，"比起你我肯定是一穷人，可我也没觉得自己过得有多凄惨。用崔健的话说，'反正不愁吃我也反正不愁穿，反正实在没地住就和我父母一起住'，比起那些狠捞人间造业钱的主儿，我宁可把自个儿的欲望尽量降得低一点儿，当个无伤大雅的寄生虫，这也是一个混子、一个犬儒主义者最起码的道德标准了——我的普通话你听懂了吗？"

"你这话有点儿偏激。"

"就算是吧……难道你认为我活成这样是通达的结果吗？"

陈金芳晃了晃手里的烟，表示不想与我争辩。但没过两秒钟，她又换上了一副真诚而又单纯的表情，对我说："我真觉得你不再拉琴特别遗憾。”

"没什么遗憾的。我在那方面其实没什么过人之才，成不了真正的演奏家，顶多就是一'伤仲永'……”

"你又在钻牛角尖了。"这次，陈金芳打断了我说，"拉琴就是为了成为演奏家吗？你这么自诩脱俗的人，怎么考虑起这件事情又那么功利？难道你现在不还是喜欢音乐的吗？音乐完全可以成为你的爱好哇。”

我居然被陈金芳说得哑口无言。这是她头一次对我使用尖刻的语气，而说实话，她的话句句捅在了我的软肋上。气氛登时有点儿僵。我捏着行将熄灭的烟头，佯装四下找着烟灰缸。她舔了舔嘴唇，往回找补了一句："再说了，别人觉得怎么样我不管，对于我来说，你已经拉得美极了。”

这话让我再次恍惚，仿佛回到了从前，她站在窗外听我拉琴的那个年代。记忆中树下瘦小的人影，竟然与眼前这个仪态万方的丽人重合了起来。这时，前几天宴请过我们的那位画家凑了过来，热情地揽住陈金芳的肩膀，说有一件"神秘的礼物"要送给她。

"你猜是什么？"画家挤眉弄眼地问陈金芳。

"你还能拿出什么，无非是一幅画——她的画像。"我随口说。

"跟聪明人混在一块儿就这点不好。"画家哈哈大笑，"想卖个关子都那么难。”

我近乎恶毒地打趣："也不知道你给她粘了一撮什么样的毛。”

那幅画倒不是画家独创的"立体现实主义"，而是传统的人物静态油画——文学杂志"封二"上常见的那种风格。画里的陈金芳穿了件纯白的连衣裙，侧坐在带靠背的木椅子上，背后是一扇阳光倾泻的落地窗，表情相当恬静。我认出那背景就是画家在小汤山附近的画室。看来这段时间里，他们也打得火热。

在众人的簇拥与恭维下，陈金芳直面画里的自己，夸张地拿手捂住两颊："你把我画得太漂亮了。"

"你是批评我画得不像喽？"画家说。

"那怎么可能！"

"这么说，你就是承认自己漂亮了。"

其他人也不遑多让，我带来的那几个朋友纷纷发表见解，主题无一例外，都是借画捧人。最初陈金芳还有点儿不好意思，但听得多了，便开始两眼熠熠闪光，浑身上下的每个毛孔都焕发着能量，使她的真人比画像更加璀璨。

"胡马尼，你看看人家——还说自己也是画画的呢，你画什么了？翻来覆去就是你们村儿那两头牛。"她还不忘对远处的胡马尼撇过去一句。

这时我发现，我和胡马尼都被甩在人圈儿外面了，我们一个守着音响，一个斜靠吧台，像棋盘上不尴不尬的两枚孤子。我又观察了一下那小伙子的脸，居然读出了类似于忍辱负重的意味。我并不是那种在哪儿都要充当焦点，受不了半点儿冷落的人，但还是对眼下的气氛感到不舒服。于是我趁没人留意，到门廊找到自己的大衣，匆匆溜走了。

新年聚会以后，陈金芳有两个多月没联系我。我想，可能是她觉得我的不辞而别很失礼，或者是对我那天谈话时的话里带刺儿感到不舒服了吧。如果是前者，我固然承认自己不够周全，但要是因为后者，我却不觉得有什么需要反省的。说真的，身处于这样一个环境、这样一群人中间，我还认为不能随时随地破口大骂是压抑了自己呢。而这样的心态，也可被视为自己"仍然年轻"的表现吧。在那个千年极寒的冬季里，我照常到单位点卯，照常被拉去赴各种各样的饭局，照常往海南打长途电话"问阿玛、额娘的安"。我逐渐适应了有序但却杂乱、热闹但却孤单的离婚生活。

在一些有艺术圈儿朋友到场的饭局，我越来越多地听到人们提起陈金芳。当然，他们说的那个人名是"陈予倩"。关于她的传闻正在向离谱的方向发展，有人说她是某个国学兼房中术大师新收的入室女弟子，还有人说她靠和"异见分子"同居，从国外反华组织那儿骗来了大笔经费。根据我和陈金芳的接触判断，这些当然都是谣言，但也说明她混得越来越风生水起了。要是再有机会见面，我真应该恭喜她才对。

到了春节临近时，场面上的事儿就少了下来。我的狐朋狗友不是回了老家，就是陪着亲戚准备过年了，只有我因为懒得到海南听我父母训话，继续孤零零地晃荡着。各个单位还没正式放假，但北京已成空城，大街上的汽车少得让人发瘆，天空中零星绽放着急不可待的焰火。全球性的经济衰退已经持续了两年多，各国股市哀鸿遍野，国内许多产业举步维艰。赵本山和他的弟子也宣布不再参加今年的春晚，四面八方的气氛倒显得消停了不少。

大年二十八那天晚上，我正给一家报纸赶稿写着"贺岁档"的电影评论，突然接到了陈金芳的电话。她问我过年怎么打算，我说预备了一些速冻饺子。她扑哧一笑，让我赶紧到民族饭店旁边的一家老牌韩式料理店来："说得这么可怜，给你补补油水吧。"

我三笔两笔敷衍完稿子，开车沿复兴路向东，很快找到了那家餐馆。让人意外，陈金芳并不在包间里，而是一个人坐在大厅中的一张散台后面。她穿了件领口开得很低的洋红毛衣，薄呢子短大衣搭在旁边的座椅靠背上，脸似乎瘦了一圈儿，眼睛都被撑大了。

我向她招了招手走过去，问她："别人还没到？"

她说："没别人，就咱俩。"

我更意外了："连胡马尼也不来了？"

"回老家了。"陈金芳不以为然地撇撇眼睛，"再说他又不是我什么人，干吗到哪儿都带着他啊？"

听这口气，她和胡马尼之间或许有了点儿龃龉。但我知道，这是我没必要感兴趣的事情，就是感兴趣也不合适问。于是我坐下来，呷起了大麦茶，陈金芳让服务员上菜。尽管饭就两人吃，但她仍然安排得很丰盛，点了大块牛排、腌牛舌、羊纽约克、鳕鱼和肥瘦参半的五花肉。我还多要了两盘餐前小菜里的辣椒烧牛肉，并评价说："跟过去大院儿食堂做的一个味儿。"

我眼花缭乱地看着服务员操练各种兵刃对付炉火上的肉，间或抬头和陈金芳对视一眼。我发现自己看她时，她也总在看着我。我问她前一阵忙什么去了，她说就在北京"处理点儿事"，另外还到香港参加了一个规模不大不小的艺术展。"总之忙得马不停蹄的，刚回来就找你来了。"假如她说的是真的，那么可以判断，我上次的不辞而别并没有得罪她。

"在香港又有不少斩获吧？"我说。

她仿佛强打起精神，说自己又见到了哪些人：香港电视台一个新闻评论员，说话时假牙总有喷出来的风险；九十年代流窜出去的一个气功大师，现在还在给人看风水；几个艺术策展人，其中有一位正忙活着往维多利亚湾里放一只巨大的吹气儿鸭子。她还说自己住的地方就是当年"哥哥"跳楼的那家酒店，时至今日还有不少矫情男女前来烧纸。

　　随后，她立刻露出乏味的表情："也没什么大意思。"

　　她已经下了定论，我也就不好再品头论足了。我们一边吃饭，一边转而说起家常话题。我问她过年怎么也不回家，她说没有回去的必要了，反正家里也没人了。我说你姐和你姐夫呢，她随口说了句"也做买卖呢"，便扯回我的身上，问我为什么离婚。

　　"人的忍耐都是有限的，没跟你说我一直吃着软饭吗？她能坚持这么久已经难能可贵了。"

　　"作为朋友，我真替你们可惜。"陈金芳像电视剧里的女配角那样贴心而诚恳地说，"而且我觉得错儿主要在你。人家当初跟你结婚，肯定既不是图你的财又不是图你的色，而是真喜欢你这个人——你们是有感情的。"

　　我说："你就别往我的伤口上撒盐啦，我已经对所有熟人都承认自个儿是一浑蛋了。"

　　"你这样的男的呀，"她说，"优点在于敢于贬低自己，这显得很有自知之明，缺点则在于你总是觉得贬低完自己，就有资格去伤害别人了。"

　　"你让我无话可说。"我对她的判断心服口服，并再次惊诧于陈金芳对我这个人的认识程度。那感觉，就好像她跟我共同生活了许多年，而且一直在观察我，琢磨我。这不由得又让我想起了当年。难道那隔窗而奏的琴声在我们之间建立了心有灵犀的默契，使得我本性中的懦弱、卑琐在这个女人面前暴露无遗？这近乎玄而又玄了，也说明所谓"知音"并非仅限于那些高山流水的典雅情操。

沉默半晌之后，陈金芳又对我提起了那个老话题："你现在真的不碰琴了吗……哪怕一个人的时候？"

"嗯。"

"听我一句劝，没必要跟自己较劲。假如你想通过这种方式来否定自己以前的生活，那么也只能说明你还没长大。哪怕没机会当一个真正的演奏家，那也没什么呀。换个角度想，你毕竟掌握了一项特别的手艺，这已经让你比别人活得丰富多了……我挺羡慕你的。"

这一次谈到小提琴的事儿，陈金芳的话没有激起我的逆反情绪。我掩饰性地笑了笑，但自己明白脸上的效果一定是皮笑肉不笑。好在陈金芳也没有再接着说下去，而是又把话题转到了别人身上。她说起那个"立体现实主义"画家，毫不避讳地痛斥那人"太功利，太庸俗了"，但说到具体的事儿，却又语焉不详。据我的猜测，好像是画家想从她那儿预支一笔钱来租一处更好的画室，还催她赶紧把国外画展的场租费交了，然后安排他跑一趟欧洲。

"可是做这些投入之前，我总得先做个评估，搞清楚他有没有被国外那些人认可的潜质呀。这么火急火燎的，反而让我觉得他把我当成冤大头，只想从我这儿捞一票。"陈金芳皱着眉头抱怨说。

我跟那画家也不熟，便和了句稀泥："你得理解那个岁数人的心态，他们总觉得自己错失了许多机会，因此想要在各个领域拽住青春的尾巴。"同时，我忽然有点儿纳闷：难道陈金芳专门把我约出来，就是为了跟我闲聊天，扯这些不咸不淡的话题吗？

这个疑惑在晚饭结束后才被解开。炉火渐渐冷下来，铁板上滋滋冒泡的油脂凝结成了白色斑块。我和陈金芳起身出门，来到昏暗高耸的前厅，几个穿得像韩国电视剧人物的服务员双手护裆，向我们鞠躬告别口称"思密达"。我正不熟练地往脖子上捆着围巾，陈金芳半蹲起脚帮我系好，又用带小羊皮手套的手抚了抚我肩膀上的皱褶，突然道："还有个事儿想向你打听一下……具体说是想找你帮忙。"

"你说。"

"你是不是认识一个叫龚绍烽的商人？"

龚绍烽也就是我大学时期挚友b哥的本名，此人堪称我们这个时代特有的奇人，身上同时具有猥琐与超脱、唯利是图与理想主义等等诸多相互矛盾的品质。上大学的时候，他就一边眼泪汪汪地给女同学抄录"妹妹你是水，静静地镇日流"之类的滥情诗歌，一边为了每天中午多吃二两排骨把食堂的胖大姊给搞了；毕业以后他没找工作，依次干过倒卖狂犬病疫苗、冒充领导亲戚等勾当，最终靠经营一家把发廊妹包装成"性感女主播"的准黄色网站发家致富，而在他穷得到处蹭饭的日子里，也仍然负担着河南老家一窝儿穷孩子的学费；现在他的公司养着一群三流女演员和平面模特，但比起跟那些女孩睡觉，他更热衷于把她们集中到自己的会所里引吭高歌……而这个名字突然从陈金芳的嘴里问出来，不免令我猝不及防。

我问她："你怎么知道我认识这人的？"

"你上班的那家画报，幕后的大股东不就是他吗?"陈金芳意味颇深地淡淡一笑。我猜她已经知道了我和b哥的交情，更联想到她已经把我的"人脉"摸了个底儿掉，不免稍感心慌。

"你找他有事儿?"我说。

"我手里有笔闲钱，跟他达成了合作的意向，不过还没最后敲定。"陈金芳说，"你要是跟他说得上话，帮我打探一下他怎么想的。"

对于她的要求，我的第一反应是畏难和犹豫。在和有钱的朋友们打交道时，我一向有个原则，就是只当帮闲，不做拐客，也即把关系限定在吃吃喝喝、清谈务虚的层面，绝不靠给他们搭桥牵线来牟利。这么做，一来有利于维系自己那点儿虚幻的尊严，二来也是明哲保身——真出了什么娄子，我可担不起责任。尤其是b哥，据我所知，他近年来从事的都是些本大利高、游走于灰色地带的投机生意，比如充当"标头"组织人合股买矿之类。而陈金芳能跟他这样的人搭上，也证实了我先前隐隐的预感：她所涉的"水"相当之深，绝不仅仅是一个在文化圈儿打转的小富婆。

但也不知怎么搞的，在陈金芳的注视下，我没能拒绝她。她的眼里透出一股不容置疑、勾魂摄魄的光芒来。我不由自主地点点头。

我的郑重神态倒逗得陈金芳咯咯一乐。她立刻轻松得像没事儿人似的，打开"英菲尼迪"的后备厢，从里面拿出两瓶洋酒给我："最好的苏格兰单一麦芽，三十年陈酿，我从香港带回来的。"

"贿赂我?"

"这还叫贿赂啊？我跟你那朋友的事儿要是能成，肯定还会重谢你——我说真的。"

我耸耸肩和她告别。开车回到家之后，我把那两瓶酒开了一瓶，端着方杯坐在沙发上出神。酒的味道的确醇厚、清澈，但度数也高，不知不觉间就让我醺醺然了。我漂浮在麻木的潜意识中，产生了不知今夕是何夕之感，并抬头看向衣柜顶上那早已束之高阁的小提琴。有多少年没摸过它了？伴随着这个想法，我站起来，踉跄着走过去，踮起脚摸向乌黑的木制琴匣。但刚碰到琴匣的把手，我就像挨了烫一样把手缩了回来，一声叹息地把自己拍到床上。

第二天醒来时，我看见几只手指上沾满了灰，连床单都蹭脏了。

7

过了半个多月，春节假期结束，北京重新热闹了起来。一些朋友过完年就突然消失了，把以前的债主和"情儿"们坑得叫苦不迭，另一些人则像闷热天气里的蘑菇一样冒了出来，精神百倍地四处蹚路子。对于我来说，生活基本照旧，只是心态越来越疲沓了。机票便宜下来之后，我到海口看了一下父母，顺便绕到三亚会了会仍在猫冬度假的b哥。他弄了辆敞篷车，又叫上俩野模，带我去大东海下了两天饺子，然后去牛岭隧道以北的一个镇上吃"肥得把壳儿都撑裂了"的和乐蟹。在此期间，他还用电话遥控着北京和南方两个城市的生意，时而与人称兄道弟，时而破口大骂，尽说些我不懂的黑话。

折腾了两天，我们都因为摄取了过多的蛋白质而消化不良，便又回到了海滩上，臭屁滚滚地晒太阳。附近有出租四轮沙滩摩托车的，两个野模跨上一辆，叫嚣蹿突地驰骋，浑身的蒜瓣肉波光粼粼。b哥躺在长椅上，以极度猥亵的眼神打量她们，一只手伸到裤裆里挠痒痒。

总算有了单独聊天的机会，我便跟他提起了陈金芳的事儿。

b哥坏笑着打岔："你跟她很熟？又找到新的软饭了？"但还不容我辩解，他突然显露出商人特有的狡黠和谨慎，反而向我盘问起陈金芳的底细来。

他这一问，我倒含糊了。虽然圈子里都把我和陈金芳看成交情深厚的"自己人"，但我知道，自己对她远谈不上知根知底。举个最简单的例子，我一直搞不清楚她的钱是从哪儿来的——她不像正经做过买卖的人，也没有傍上了哪个财大气粗的"瘟生"的迹象。假如以前不认识她也就罢了，但恰恰见证过陈金芳那寒酸窘迫的少年时代，她的发迹对我来说益发成了一个谜。

我只好向b哥粗略介绍了陈金芳目前的状态——当然是我了解的那部分。听到她是做艺术投资时，b哥眉毛一扬，眼里透出两点贼光。像他这样的人，自然不会对艺术真有什么兴趣，不过开画廊、办展览倒是个骗钱的好渠道。我说完以后，b哥也和我交换了一下对陈金芳的印象："这女的我以前根本没听说过，是两个做'老鼠仓'的操盘手引荐过来的。说实话刚一见面，我还真被她的风韵小迷惑了一下，只不过咱们是什么人啊？平日圈养着那些莺莺燕燕，为的就是修炼定力，别在正事儿上被荷尔蒙给害了……当然这是题外话了。那些操盘手说她很有道行，一旦看准机会就特别敢下手，建议我让她在手头的项目里加一磅，毕竟现金越多，谈判时就越有话语权。我当然不能光听那些人的，自己也要对合作伙伴进行评估，不过也确实有点儿拿不准她。她在大多数情况下都显得底气十足，甚至还有点儿深藏不露的劲儿，但不经意间，又会暴露出新手的弱点来——最主要的表现就是着急。她托你来找我打听，这就是典型的沉不住气，甚至让人猜测她根本没有宣称的那么大财力和门路，只想靠着虚张声势在大买卖里掺和一把，搭个投机取巧的顺风车。"

我向来佩服 b 哥的识人之术。他在那些冷酷的、尔虞我诈的行当里搏杀多年，眼光自然要比我毒辣得多。不过也得指出，我和他看待人的标准是不一样的。除了对我这样的旧故，他对所有人的判断都是基于"经济人"的利益标准，我则保持着孩子气的任性，仅以"有劲"或者"没劲"来决定是否与人深交。也就是说，即使以同一个人作为话题，我们也说不到一块儿去。我完成了陈金芳的托付，这就算仁至义尽了。

"总之你看着办吧。"我站起来抖抖沙子，对野模们挥手，"我就管传个话儿，你们之间那些具体的勾当，我可管不着。"

我向海滩走去时，b 哥在我身后沉吟了一句："先耗她一阵儿。我过些日子要跑一趟江苏，回北京再接着跟她往下谈。"

又盘桓了两天，我独自先回了北京，陈金芳到机场接我。天气还是料峭的倒春寒，她却早早穿上了羊绒筒裙，靴子上方露出小巧圆润的膝盖。一见面，她就撩开我的外套往里看看，嗔怪我"一点儿也不知冷知热"，然后从大号坤包里掏出一件新买的"杰尼亚"毛衣，不由分说地让我穿上。

回去的路上，她和我挤在后座上不停地说笑，聊着北京这边朋友们新的趣事儿。透过后视镜，我看见开车的胡马尼脸色铁青，面部肌肉不时神经质地抽搐，简直让人想起北野武扮演的那些即将被剁手指的黑帮打手。

接下来的一段日子，陈金芳又开始约我参加各种饭局和聚会，频率比以前还要高，几乎是三日一小宴，五日一大宴。如今不仅是我，就连那些真正八面玲珑的货色都承认她"的确挺能混的"：同时和好几条脉络上的人打得火热，许多圈子之间原本互相排斥，但提起她却都颇为认可；不管在哪儿，她一出场就能成为核心人物，几乎不用抢，风头就自然而然地转向她了；在她有意无意搭建的"平台"上，不少素不相识的人成了朋友，甚至原本有罅隙的人也能尽释前嫌。而这时距离我与陈金芳重逢，也就是半年多的时间哪。能够开创大好局面，究其原因，除了作为一个单身女人同时具备漂亮、热情、大方等优点之外，还有一个关键之处，就是她切实地做到了"喜新不厌旧"，不会因为攀了高枝而忽略先前的朋友。哪怕是一直充当"碎催"的胡马尼和那个见风使舵的画家，也一直享受着元老级别的优待，虽然心有怨言，但又总能通过显示和她"关系不一般"而在另一些人眼里抬高身价。总而言之，陈金芳仿佛是在由衷地享受着人的社会属性，很多时候简直像个刚爱上幼儿园的孩子——和她相反的则是一些老资格"社会活动家"，那种人貌似人缘很好，但只要一不在场，就会有人将其鄙夷为"势利眼"。

"小陈这个人交朋友，如同韩信将兵——多多益善。"这是某个上过《百家讲坛》的三流大学教授对她的评价。

既让我虚荣也让我别扭的是，她如今对我更亲热了。不光是一同出现时常要挽着我的胳膊，而且还要在大庭广众之下和我咬耳朵——明明说的就是不咸不淡的套话，但非得摆出一副秘而不宣的表情。难道她看不出来，胡马尼宰了我的心都有了吗？而那个画家倒相当"现实主义"地承认了争宠失败，许多阿谀的媚态转而投向了我，并总拐弯抹角地打听陈金芳准备什么时候资助他去欧洲办个展。

"时间不等人，谁知道'政治波普'能流行几天啊，等到风向一转，我这几年的工夫不又白搭了吗？"画家焦虑地说，"她这人怎么这样，老放空枪也不动真格的……这话我也就跟你说说，别让她知道啊。"

画家的悄悄话揭示着这样一个真理：没有真金白银的利益链条作为支撑，那些鲜花似锦、烈火烹油的繁华都是他妈的扯淡。他在抓耳挠腮地等着陈金芳表态时，陈金芳一定也在等着b哥那边的消息呢。谁都有被拿在别人手里的地方。从海南回来没两天，陈金芳曾经包了她公司楼下那个咖啡馆，叫了一群人来品尝"不多见的葡萄牙红酒"，我在席间偷偷把她叫到窗边的角落，将b哥的态度转告了她。

"跟那种生意场上的老油条打交道，越急越没用。"我说，"他既然说了让你等着，那就说明相当有戏。"

听了我的话，陈金芳面无表情，甚至连头也没点一下，只是抬起手来，抓住我的手腕摇了摇。这样的举动她常对我做，但这一次我有明显的感觉，她格外地用劲儿，细瘦而坚硬的指骨硌得我都疼了。

在此以后，她就再没跟我提过投资方面的事儿。时间转眼而过，当那些老单位破败的大门口挂出"欢度五一"的横幅时，在南方兜了一大圈儿的b哥回来了。陈金芳不知从哪儿得到了消息，打电话让我再牵一次线。我正在单位跟电脑下五子棋，顺手抓过座机，拨通了b哥的私用手机，把陈金芳的意思说了。

这次 b 哥没再多说什么，只回答了一句"我让底下人约她"。我立刻又给陈金芳打了过去。这个传声筒的任务搞得我挺烦躁，鼠标点错了地方，转眼通盘皆输。

陈金芳那边显然很兴奋，连呼吸都重了。她又对我说："这几天别安排别的事儿了，等他找我的时候，你也一块儿去吧。"

我一边退出游戏一边说："你们俩资本家共商大事，非拽着我一流氓无产者干吗呀？"

"帮忙帮到底嘛。"陈金芳坚持说，"再说，你也是我们共同的朋友哇。"

我犹豫了一下，但还是拒绝："还是算了吧……西门庆和潘金莲搭上以后，王婆就别跟着裹乱了。这点儿眼力见儿我还是有的。"

陈金芳笑了："再胡呲，看我不撕了你的嘴。"

她说完就挂了电话。照我的理解，无论是她先前说的"一定要重谢我"，还是刚才非要让我作陪，都是嘴上的客气话而已。她不想造成把我用完就甩的印象，但事实上，我本来也没想通过帮她的忙而得到些什么。出于本能，我甚至不愿在这种事情里搅得太深。

又过了两天，我刚下班，正打算一个人去随便吃点儿什么，陈金芳的电话又打过来了。她让我火速赶往 b 哥在东四的四合院。我再次推托，她却说："叫你来，纯粹就是为了吃饭。你放心，事儿我们都谈完了，再不会麻烦你了。"

一旁的 b 哥也接过电话帮腔："谈事儿你不来，吃喝玩乐你也不来，这就太不像一个称职的帮闲了。"没有办法，我只好掉转车头前去赴宴。b 哥那个地方很好找，就在团中央下属的一家出版社附近，是整条胡同里最具地主老财气质的宅院：朱门之上常悬着张艺谋风格的大红灯笼，左右两边各立一只汉白玉狮子。只可惜家里没人的时候太多，狮子上已被贴了不少"一针见效，三针痊愈"的小广告，还有不知谁家孩子稚嫩的"书法作品"。穿堂过院，随处可见雕梁画栋，整套鸡翅木圈儿椅散落在树下任它日晒雨淋，不知从古代哪位显贵坟上偷来的石碑旁，趴着好几只蛤蟆。对于这些荒谬的摆设，b哥自有他的解释："蛤蟆是招财的，这个大家都知道。至于那个碑，我也不嫌它不吉利——雍和宫那边一瞎子说这宅子过去是一贝勒府，而我祖上贫寒，恐怕镇不住它，得请进一位有身份的帮忙压压场面。"

来到正厅，我看见b哥的某位姨太太正穿着大红苏绣旗袍，指挥丫头老妈子摆酒上菜。陈金芳和b哥也从厢房里踱了出来，脸上都挂着不甚自然的笑。我故意不提他们买卖上的事儿，见面就说起了废话，而他们也会了意，笑嘻嘻地东扯西扯。不过从陈金芳那如释重负的表情看来，她对这次约谈的结果很满意。

她又没带胡马尼一起来，所以偌大的八仙桌旁只坐了四个人。席间，b哥携其姨太太频频举杯，刚开始还是分别敬我和陈金芳，后来就是同时敬我们两个人了。那位姨太太脑袋有点儿糊涂，甚至说出了"两口子敬两口子"这样的话，弄得我好不尴尬。后来她到卧房去"补补妆"时，我忍不住刻薄了一句："没一对儿是明媒正娶的。"

"我就喜欢你这张缺德的嘴。"b哥已经喝高了，哈哈大笑地再次举杯，"那就狗男女敬狗男女好了。"

陈金芳居然面不改色，端起仿古鸡缸杯跟我们碰了，优雅地一饮而尽。随即，我感到自己的胳膊被她狠狠地掐了一下。再往后，她和 b 哥又不自觉地谈起了生意细节，我也被迫听懂了他们那桩合作的来龙去脉：近些年来，欧洲各国对清洁能源投入很大，造成了我国的地方政府迫切地上马相关工程，从而也给一些闻风而动的投机分子留下了运作空间；b 哥在北京聚拢了一些人的游资（陈金芳也是其中之一），到江苏控股了一个中等规模的市属企业，并放出风声，号称将其从塑料制品转型为太阳能光伏产业；他们真实的目的当然不是投产之后出口创汇，而是利用这个噱头拉到更多的银行贷款和风险投资，从金融领域套取暴利。听到这里，我不由得偷偷瞥了陈金芳一眼。b 哥从事的勾当我早有耳闻，而眼看着陈金芳也"玩儿"到了这般境界，还是忍不住让人瞠目结舌。我对我们民族妇女的判断，也在她这个活生生的例子身上得到了印证：她们除了特别能吃苦特别能战斗这些传统美德外，而且在每个时代、每个环境中都有着极强的适应能力和进取心，只要一有机会，她们必定会勇敢、果断地站到浪尖儿上。比起她们，大多数男人都应该感到汗颜。

而看着陈金芳那"花媚玉堂人"的样子，我也不知不觉地陷入了恍惚。在社会上混迹了这么些年，我曾经见过很多改头换面的成功者，但他们无论身份、相貌乃至举止发生了多么彻底的变化，终归无法将最初的模样完全抹掉。举个最近的例子，就是我对面的 b 哥。他如今已经贵为生意场上的"大鳄"，但我每次看见他，都会清晰地回忆起当年在大学宿舍里，他靠玩儿牌作弊骗我香烟的猥琐模样。而陈金芳不同。面对着现在的她，我已经无法想起十来年前站在我窗外听琴的那个女孩了。当年的她仍然在我的记忆里存在，但现在的她却获得了某种决绝的能力，把自己生命中的两个阶段完全割裂了——那类似于动物界的"变态发育"，人们都知道蝴蝶是毛毛虫破茧而出的结果，但有谁看到花蝴蝶时，第一反应是毛毛虫带来的恶心呢？在我的潜意识中，"过去的她"和"如今的她"已经变成了毫无瓜葛的两个人。当着外人的面，我会叫她的新名字陈予倩，并且叫得越来越自然，根本无须通过"陈金芳"这个旧代号转译了。

因为无须和不相干的人敷衍，那天的晚饭大家兴致都挺高，喝完一瓶白酒，b哥又叫人开了两瓶红酒。不知不觉到了晚上九点多钟，忽然发生了一个意外事件。院儿外发出一声闷响，好像有什么东西碎裂了，接着，一个中年妇女操着字正腔圆的京腔骂起街来。

b哥问是怎么回事儿，片刻保姆进来回话，说是"咱们的客人"停车时把隔壁大杂院儿门口的咸菜坛子给撞了。大家跟着b哥踱出门去，只见陈金芳的英菲尼迪斜着停在胡同里，前保险杠底下散落着一摊乱瓦。在浓郁的咸菜味儿里，胡马尼正笨嘴拙舌地向那妇女解释着。看起来，他是为了躲避那俩石狮子，才制造了这起小事故。

那中年妇女倒很有不惧权贵的气节，看到b哥来了，益发跳脚儿乱骂。直到姨太太给她塞了几百块钱，她才心满意足地凯旋。而这时，陈金芳则不好意思地向b哥道了个歉，然后把胡马尼叫到几丈开外的墙根说起话来。

两人都压抑着嗓门，因此声音里带了一种紧张感。陈金芳好像在责怪胡马尼不请自来，胡马尼却一反常态地跟她争辩起来，说的是一嘴湖南土话。话赶话地饸饸了几个来回，陈金芳的声调高了起来，她指着胡马尼的鼻子说："你管得着我吗？也不看看自己是谁。"

受了呵斥，胡马尼僵着脸回到车上，咀嚼肌被咬得凸起来一块。陈金芳则吁了口气，笑盈盈地回到我们面前，对b哥解释："真不好意思给你们添麻烦……这孩子一直跟着我，怕我喝多了回不去，就自作主张接我来了。"

"人家也是好意，精神可嘉。"我在一旁打了个圆场。

b哥就势宣布晚餐结束："反正正事儿也谈完了，往下咱们都上着点儿心就行了。"

陈金芳郑重地和b哥握了握手，忽然又凑近我，低声说了句"我肯定得好好谢你"，然后便娉婷地转身回去，上了胡马尼的车。他们驶走以后，b哥让姨太太赶紧泡上茶，要留我再坐一会儿。从正厅转移到一蓬郁郁葱葱的葡萄架子底下，我忽然察觉到b哥的脸上变了颜色，不再是一派虚伪的随和，而是三角眼里带着几分货真价实的关切了。在这般年纪看到他这副表情，我都有点儿不适应。

他拿出烟来递给我时，开门见山地来了这么一句："你跟那女的什么打算？"

我一激灵："你什么意思？觉得我们俩合伙儿骗你钱吗？"

"不不不，我说的是你们俩之间的关系。"

我像受了冤枉似的扬声道："没关系呀。你是不是看谁都有奸情啊？"

"我看你对她也挺有感觉的，眼神儿都迷离了。"

"我迷离的时候多了。"我顿了一下，低声说，"不过眼下的自在来之不易，我才不愿意再跟谁'绑定'呢。"

b哥的脸色缓和了一点儿，笑了："那就好。我就是提醒一下你，哪怕她对你有意思，也别轻易上套，她跟一般人可不一样。"

我不想问，但又忍不住："你从她身上看出什么来了？"

"那当然。下午谈生意的时候，我已经把她的道儿给盘出来了。她对我说以前在广东办过服装厂，现在转到北京做艺术品投资，那些一听就是假的。她虽然说得天花乱坠，但关键性的地方全都含糊其词，骗骗外行或许可以，在我面前可耍不了花枪……不过这也不妨碍我允许她入股手头儿的这个项目，反正坐庄的是我，想跟进的必须得拿出现钱来。让我有点儿拿不准的，恰恰是她在这桩买卖上的态度——她的赌性太大了。我已经看出她没什么钱了，东拼西凑能拿出来的，统共也就那么一千来万，而她竟然想要把这些老本儿全都押进去。你知道，这种投机生意的风险很大，从坐庄的到跟庄的，没人把身家性命全扔里面，大家用的都是闲钱。亏了就伤元气的人，说白了根本不配跟着我们玩儿。我已经提醒过她了，可她坚持要参与进来，这几乎可以称为疯狂了……"

b哥的话让我倒吸一口凉气，但我没再说什么，醒了醒酒就告辞了。此后的几天，陈金芳没再联系我，我也尽量不去想她。她是一个突然冒出来的旧相识，跟我谈不上什么真正的交情，我帮过她一点儿忙，但帮过了也就算了。这是我和她之间关系的理性总结。哪怕她一意孤行，我也没有规劝她的义务，更没有干涉她的权利。

然而某天在办公室划拉着手机玩儿，我却又鬼使神差地拨通了陈金芳的电话。对方接了之后，首先传出来的是沸腾一般的嘈杂之声，远处还有大喇叭播放着雄壮的音乐。

陈金芳拐到一个安静点儿的地方，才对着手机喊话："有事儿吗？"

"也没什么事儿，"我的嗓门也随之高了起来，"就是问问你和b哥那个事儿进展得怎么样了。"

"非常顺利，"陈金芳喜气洋洋地说，"合同早就定下来了。"

她接着告诉我，看在我的面儿上，b哥许诺给她相当高的回报率。眼下，他们这些股东正在江苏出席和那边的签约仪式，她刚和一位重要人物握过手。我没想到他们的行动有这么快，此时再劝她什么也是白搭的了。于是我简短地说了些祝贺的话，就要挂电话。

"你放心，该谢的人我一定要谢到。"她叮嘱似的说。这话突然让我觉得非常不舒服。她不会认为我是在讨赏吧？

8

后来陈金芳的确"谢"了我。

她是在即将入夏的时候回的北京，此前据说和一起"做项目"的人又跑了趟广东，还乘着某个低调富豪的游艇到海上钓了几天鱼。再次见到陈金芳时，她果然黑了一些，肩膀和胳膊被晒成了小麦色。画家叫上我和另外两个熟人，在什刹海那边的一家越南菜馆给她接了个风，然后以陈金芳为中心的各种聚会便重新展开了。

假如说新一轮的声色犬马比之过去有什么不同，那就是越来越奢华了。无论是酒的档次还是菜的品类，都有了大幅度的提升。她曾经把新侨饭店的大厨请到公司里，现场为大家制作法式铁板烧，有两次在"天伦王朝"顶楼餐厅请客的豪阔之举，更是让我们这些耍笔杆子的人咋舌。作为聚会的主人，陈金芳依然挥洒自如，在不经意之间，又流露出了比原先更坚实的底气。和报社领导、画廊经理这些她本该奉承的人谈话时，她依然客气，不过骨子里已经有了隐隐的傲慢意味。这些变化都说明b哥那边的项目进展顺利，并且很可能已经让雪球滚动了起来，股东们开始坐地分赃了。人人都看出陈金芳发了一注横财。

以前对她颇有怨言的画家早就转了口风，即使私下与我聊天时，对陈金芳的溢美之词也令人肉麻。我听说他的欧洲画展已经正式排上了日程，陈金芳还付给他一笔订金，预订了他此后五年的全部作品。至于对我，陈金芳仍然是带着几分表演性的亲昵，倒也看不出和过去有什么不同。这倒让我揶揄着猜测：她屡次三番说要"谢我"，该不会也是我们这个圈子里通行的空头支票吧？

一个偶然的发现让我知道自己想错了。随着天气越来越热，我那辆老旧雪佛兰频频报警，终于在马路上开了锅。汽修厂的人告诉我得更换好几套元件，我只好回家找出工资卡，到附近的自助提款机上取钱。

因为日常开销靠七零八碎的外快就能应付，那张卡我很少用到，也知道每个月卡里都不会有多少进项。然而一查余额，吓了我一跳：陡然多了一个整数，足顶得上我几年的工资了。单位的会计自然不会抽风，我不由自主地想到了陈金芳。既然她认识了b哥和给我开过稿费的几个编辑，弄到我的账号当然很容易。我又到柜台对了下明细，那笔钱果然是在她从广东回来的第二天打进来的。

在这段时间里，我们见了好几次面，她不仅没跟我提过，就连一点儿暗示也没有。这份"感谢"来得既慷慨又得体。然而我没怎么思想斗争，就做了一个决定。我把那笔钱转存到另一个折子里，前往她公司还给了她。

之所以这么干，当然不是因为我有多么高风亮节。还是我常年坚守的那个原则起了作用，即：宁当帮闲，不做掮客。我理想中的人生状态是活得身轻如燕，因而不愿与任何人发生实质性的利害关系；我知道我们这个时代的"辉煌事业"是通过怎样的巧取豪夺来实现的，而自己纵然无耻，却也还有迈不过去的坎儿。此前帮助陈金芳在她和ｂ哥之间传话，已经突破我的底线了，我不想因为这笔钱彻底改变我这个人。人哪，活了三十多年，得知道点儿好歹。

　　假如还有其他原因的话，那就要具体到陈金芳这个人了。我尤其无法接受自己和她之间发生现钱交易的勾当。那么，我究竟想和她成为哪种关系呢……这我倒还没想好。

　　当我站在陈金芳面前，把折子放在办公桌上时，她抬着头，直勾勾地凝视着我。我没说话，她也没说话，我们大概都在等对方先开口。但这时候胡马尼突然进来了。自从陈金芳的项目敲定，这小伙子的打扮也越发光鲜了，此刻穿的是新款的迪奥卡腰小西装，头上的发胶抹得狗舔过似的。他没有好声气地跟我打了个招呼，装模作样地拿着一份材料，请陈金芳审阅。我手指一滑，将存折塞到一本画册底下，转身走了出去。

　　在这以后，陈金芳照常会给我打电话闲聊，我呢，继续参加她召集的聚会。关于那笔钱，我们都没再提起过。按照我的想法，她已经尽到了"感谢"之心，可惜我不识抬举，这事儿也就可以作罢了。然而没过多久，她便有了新举动，这个举动才真正刺激了我。

　　那是六月中旬的一天，我中午就接到了她的电话，让我下班后换身正式点儿的衣服，到她公司去吃晚饭。我问她又有什么装×

盛事，她笑着说自己过生日。

"哟，你今年三十几了……咱俩是同岁吗？"

她娇嗔着抗议："别说这么扫兴的话行吗？弄得我都不敢过了。"

"你也不早点儿通知，我都没时间给你准备礼物。"我说，"只好两袖清风带张嘴过去了。"

下班以后，我先回家换了件干净衬衫，又想到以陈金芳如今的风格，过生日一定也会搞得煞有介事的，便从柜子里找出条西裤穿上。走到复兴路上打车之前，我还在大院儿门口的花店买了束花。很快赶到了她公司的楼下，我抬头望望，却看见三层的办公室黑着灯。

一楼咖啡馆的落地玻璃窗里传出轻轻的敲击声，我扭过头，看见陈金芳正坐在靠窗的座位上呢。她一个人，穿一条很显身材的黑色长款连衣裙，髋部以下的曲线被包裹得很像一条美人鱼。夕阳的光辉以几乎平行地面的角度投射进去，将她的脸与长长的脖子照得金光璀璨。我拐进咖啡馆，把花递到她手里。

陈金芳眯着眼睛端详了我几秒钟，随后扬手向服务员打了个招呼。两个小姑娘推着辆餐车过来，将沙拉、蔬菜汤、鹅肝酱配面包端上桌，冰桶里还斜插着一瓶香槟酒。

我诧异地环顾四周："其他人呢？"

"叫其他人干吗？就咱俩。"陈金芳说，"平常尽应酬了，这日子口儿还不能图个清静。"

"我受宠若惊。"

"别跟我玩儿虚的了。我知道你最不把我当回事儿了，所以我过生日还得讨好你。"

我打哈哈地笑了笑，没再说什么，开始吃饭。起初的气氛倒也颇为融洽，我主动举杯，说了些祝贺的话，她也回敬了我。片刻，主菜端了上来，我们挥舞刀叉，专心致志地对付起了牛排。在这两厢无话的空当，我忽然感到陈金芳一直在看着我。当然，桌上只有我们两个人，她也没别的人可看，但我明显感到落在自己身上的目光与平日不同。她既像饶有兴致地揣摩我，又像暗藏着什么机锋。

她在卖着什么关子？随后，在我头脑里冒出来的居然是一个自作多情的想法：她不会打算向我示爱吧？但我却并不紧张，只是静观其变。而事后想起来，假如那天陈金芳真的如我所想，把我们已然近乎暧昧的关系再向前推进一步，那么我也不会有后来那些失措的反应。我们都是没有法定伴侣的成年人，男欢女爱一下没什么大不了的。尽管 b 哥曾经告诫过我"她和一般人不一样"，但我也并不担心。这倒不是我自恃聪明，而是因为我预感到，自己即使和陈金芳真发生点儿什么，充其量也是即兴而发的露水姻缘。在那种游戏里，谁又能真伤得了谁呢？

但我又一次错估了陈金芳。直到饭吃完了，她仍然没什么话，我只得茫然地抽起了烟。等我把烟掐了，她抬起手腕看看表，说："咱们上去吧。"

"还有节目？"我心里又生出隐隐的遐想来。

陈金芳颔首一笑，翩然走在前面。我跟着她上了三楼，却发现她公司的灯已经亮了，柔和的橘色的光从磨砂玻璃门里渗出来。陈金芳拉开门，对我做了个请的手势。

大厅已被清理干净，家具以及那些雕塑画框都被挪到了墙角。一览无余的空间里站着十几号红男绿女，画家、胡马尼和我常见的一些人都在场。他们中间围着的，是六位身穿黑西装、坐在木椅子上的男人。他们都是洋面孔，两人手持小提琴，另外四位则是中提琴和大提琴。标准的弦乐六重奏的配备。居中那位四十多岁、稍有些秃顶的看起来很面熟，我忽然想起他是一位法国演奏家，前几天的报纸还报道过他带队在国内几个音乐院校巡回演出的消息。

"这是马泽尔·法克先生。"陈金芳介绍说，"刚到北京，我就把他约来了。"

"一听这名字就有贵族血统。"我恭维着和演奏家握手，有点儿惶然地退到一边。

陈金芳对室内乐团点点头，演出正式开始。曲目是柴可夫斯基的《佛罗伦萨的回忆》，旋律奔放而缠绵，各声部之间配合得极其默契，马泽尔·法克先生的手法更是堪称精湛。尽管学过十几年的琴，但我还是第一次在如此近的距离欣赏这么高水准的演奏。看着人家的运弓和指法，我又一次为当年的自己自惭形秽。与此同时，我的左手指尖也不可遏制地颤抖了起来。

那首曲子很短，不到二十分钟就结束了。余音未了，观众们便爆发出热烈的掌声。比起大剧院里只能远观的交响乐，室内乐虽然单薄，但却更有现宰现吃的生鲜味儿。画家尤为激动，一边鼓掌一边凑到陈金芳身边，赞赏她这个点子"太有腔调了"。陈金芳却没理会他，径直从背后绕过室内乐团，对一个翻译模样的人耳语了几句。

翻译把她的话转述给了演奏家们。马泽尔·法克先生忽然看向我，腼腆地笑笑，他身边那位年轻点儿、一头卷曲的金发的演奏家则把手里的小提琴递给了我。我下意识地接过琴，愣在当地，疑惑地看向陈金芳。

她熠熠生辉地笑着，对我说："你不是还没送我礼物吗？"说完抱起胳膊肘，做出预备聆听的姿态。

旁边那些闲人弄懂了她的意思，惊喜地掀起新一轮掌声。大部分人都不知道我还会拉琴，交头接耳地议论着，早有两个人搂着我的肩膀，把我架到室内乐团的成员当中。马泽尔·法克先生叽里咕噜地对我说了句什么。

翻译问我："还是柴可夫斯基《D大调弦乐四重奏》？"

大提琴和中提琴演奏者里，已经各有一人将乐器放到了一边，他们和那位将琴给了我的小提琴手一起走到观众群里。演奏席上只剩下了两把小提琴，大提琴和中提琴各一把。而马泽尔·法克先生所提议演奏的那首曲目，几乎是所有专业学过琴的人都烂熟于心的，它的旋律柔美之至，难度又不大，特别适合即兴演奏。当年在金帆乐团的时候，我与人合作演出过这曲子不下十次。

马泽尔·法克先生对我扬了扬眉毛，率先拿起琴，奏出"如歌的行板"里的几个小节。那是柴可夫斯基这首曲子里最脍炙人口的段落。然后，他用对待孩子的目光启发性地看着我。

然而我却仍在发愣。脑子里乱成一团，耳中嗡嗡作响，心脏在胸膛里咚咚跳动。那一刻，我简直不知自己身在何方。我感觉到自己正在出冷汗，新换上的衬衫都被浸湿了。

观众们又开始议论，他们大概是认为我太久没拉琴，因为技艺生疏而怯场了吧。陈金芳仿佛也有了一丝紧张，但眼神仍是期待的。

"你过去不是常拉这首……"我听见她对我说。她唇红齿白，嘴部动作如同慢镜头，一个字一个字地把话钉到了我的耳朵里。我突然感到意识深处有什么地方在疼，在流血。我确凿无疑地受伤了。

接下来，我的举动在众人眼里一定显得非常决然——把琴放在木椅子上，将他们甩在身后，走出了大厅。一楼的咖啡馆里空无一人，服务员们正靠在吧台上聊天。夜风清凉，从楼梯口直灌进来，但却没能让我醒过神来。我的头脑就像锅盖下的滚水，正在反复沸腾，但又处在巨大的压抑之下。背后有人在叫我，当然是陈金芳了。

她的高跟鞋发出咯噔咯噔的回响，转眼间把我拦在建筑物外的林荫道上。因为跑得急，陈金芳半张着嘴喘气，眼神竟然是含情脉脉的。

"你怎么了？"她问我，同时把手搭在我的胳膊上划拉着，"我还以为这么安排会让你高兴呢……我是真心想谢谢你，那不是空话。"

我没出声，木然地打量眼前这女人。天上难得有轮大月亮，她在银光下闪闪发亮，妙相庄严，简直像某种贵金属雕成的塑像。

见我没说话，陈金芳便锲而不舍地安慰着我，语调已经接近呢喃了："我知道你常年不拉琴，手生了，但这没什么要紧的，又没人会笑话你……再说就算别人不爱听，我也爱听，真的。现在也不知怎么搞的，岁数越大，我就越觉得小时候特别美好。我多想让过去的情景再重来一遍哪，那样才算这么多年的辛苦没白受……我一直也特别替你可惜……"

她说着，手便慢慢地攀上来，揽住了我的脖子。我不由自主地把头低下去，再低下去，像寻求保护一般往她怀里扎过去。我几乎被她搂在怀里了，她身上的气味像潮水一样涌上来，上面一层是香水味儿和昂贵服装的布料味儿，下面一层就是陈金芳特有的气息了。那味道我曾经狠狠地嗅过，历经岁月竟然没变。就像她说的，我们多想让过去的情景再重来一遍啊……

但转眼之间，我心里那迷乱的柔情便灰飞烟灭了。我像奋力游水的虾米一样直起躯干，将她的手弹开——这还不够，我的手也伸了出去，推了她一个趔趄。

"你有什么了不起的？"我咬牙切齿地说。

"你说什么？"陈金芳瞪大眼睛，惶然又委屈地看着我。

"我说——"我心里充满把什么东西碾碎的快意，"你有什么了不起的？"

她如遭电击，不认识似的看着我。而这正是我想要的效果。我冷笑了一声，头也不回地走了。

对于那天晚上的事情，我毫无悔意。我觉得自己做了一件特别不情愿，但又必须去干的事情。权且抱着自我剖析的态度分析一下失态的原因吧：我感觉受到了莫大的屈辱，与之伴随的，还有古怪的自我厌恶。把名气很大的国外乐团请来"唱堂会"，还让他们给我充当陪练，这样的手笔不可谓不豪迈。而陈金芳一掷千金，想要制造出怎样的效果呢？无非是：她以她汪洋恣肆的爱和善良拯救了我——一个消沉的半吊子琴手。这个模式像好莱坞电影一样俗套，她扮演的简直是他妈的圣母。她哪里知道，小提琴演奏对于现在的我来说，已经成了一段发炎的盲肠，只能凭空增加痛感。在我看来，她让"过去的情景重来一遍"的愿望也代表了某一类中国人特有的狂妄：他们自以为吃过苦中苦成了人上人，就有资格操控身边的一切，甚至敢于让时间倒流。

不能让他们如愿！我既恶意又理直气壮地想。与此同时，我突然又想到了我的前老婆茉莉。她当初心甘情愿地给我提供软饭，会不会也是出于某种自我奉献的表演欲呢？只不过后来她演腻歪了。而我同意跟她离婚，是否并非出于爱，而是出于某种自己当时都没意识到的恨呢？

这个发现让我悲哀极了。对于生活，我只剩下了一项权力，那就是破罐子破摔。

从那以后，我就再没有联系过陈金芳，陈金芳也没有找过我。我们闹掰了的消息一定很快就在圈子里传开了，各路人马都主动与我疏远，就连我介绍给她的那些朋友也开始假装不认识我了。趁此机会，我重新整理了生活，每天准时上班，下班回家自己做饭，有了空暇就用于锻炼身体和闭门读书。从华而不实的应酬中脱身之后，我迅速瘦了一圈儿，但人却变得紧实了，精神也安稳下来，活像个洗尽铅华的从良妓女。

日子就那么过去。再次听到陈金芳的消息，又是半年以后了。

那天晚上十一点多，我已经洗完澡上床，正锲而不舍地啃着一本艰深晦涩的外国小说，手机突然响了。是那个"立体现实主义"画家。

"我都睡了。"听到那个久违的声音，我有些不知道该怎么和对方打招呼。

画家则明显喝多了，连舌头都大了一圈。他口齿不清地重复："就是想跟你聊聊……我就在你家附近呢。"

又威胁我："你要不出来，我就钻车轮子底下去。"

我只好披上衣服出门。又是一个冬天来了，长安街沿线路旁那些白杨树都落尽了叶子，树梢上却沉甸甸地耸动着大片黑影，原来是晚上来此栖息的乌鸦。夜风像飞溅而来的冰碴，吹在脸上，似有什么东西融化。我在翠微商场附近的十字路口找到画家时，他正抖擞着朝一根电线杆子撒尿。

　　看到我来，画家一边提裤子，一边凄然地说："兄弟，我他妈让人骗了。"

　　我把他拽到商场一楼夜间营业的麦当劳，要了杯咖啡让他醒酒。画家的确没少喝，屡次三番拿脑袋往塑料桌子上撞，毛衣前襟上挂满了亮晶晶的口水。旁边两个谈恋爱的中学生像看戏一样打量着我们。我有点儿不耐烦，打着哈欠威胁画家："消停点儿，要不我也管不了你了，只能打电话叫收容所的人。"

　　"别走别走。"画家挥舞着双臂拉住我，适时地停止了借酒撒疯，然后朝我倒起苦水来。他所说的上当受骗，指的还是陈金芳替他到德国办画展的事儿。她吊了画家一年的胃口，不仅没有兑现，而且还以"缴纳策展担保费用"为由，把以前付给他的订金都拿了回去。画家心里越来越虚，终于忍不住向陈金芳摊了牌，得到的答复却是德国那个基金会倒闭了，合同只能作废。画家一气之下想打官司，却被工商部门告知那个"艺术品投资公司"的法人不是陈金芳而是胡马尼，现在胡马尼已经不知道跑到哪儿去了。

　　说起来，画家在这桩买卖里并没有吃什么实质性的亏，他只是感到自己偌大年纪还被人耍得团团转，很丢面子。而作为一个艺术工作者，这人也挺有自省精神："其实也怪我自己，太想在国外折腾出点儿名堂来了，艺术这个行当又没什么理性可言……

结果糊涂油蒙了心，一点儿也没防备……"

我心里疑窦丛生，但嘴上也只能敷衍着劝他："也没什么，您还可以继续画，机会别处也有。"

画家捂住脸："要是别的地方看得上我，我也不至于被那娘儿们牵着鼻子走……我都这么大岁数了，估计也不会有什么起色了。"

然后，他又把手张开，好像对小孩儿做了个"变脸"的游戏："还是你聪明。你早就看出她是在招摇撞骗了吧?"

"那倒真没有……"

"她有没有管你借钱? 听说她找不少人借过。"

"有人借她吗?"

"那当然不会了。那帮孙子都比猴儿还精。"

我忽然想到: 如果当初没跟陈金芳断绝联系，画家会不会把我也看成她的同伙呢? 如果是那样，现在的局面就不是他找我诉苦，而是跟我玩儿命了。我的心里忽然充满厌烦，冷冷地对画家说："那你往后也学精点儿呗。"

画家向我转述的那些情况，自然让我联想到了陈金芳与b哥的合作项目。回到家后，我本想给b哥打个电话，但想了想，还是作罢。没过两天，报纸上的新闻就证实了我的猜测。欧盟突然启动了对我国太阳能产业的"双返"调查，他们认为中国政府大量补贴某些光伏厂商，以超低价格垄断市场。欧方扬言对中国产品征收高额的惩罚性关税，而在这个消息正式公布之前，走漏出来的风声已经掀起了轩然大波。主要的影响是在金融方面。银行和风险投资纷纷逃离，许多在建项目所在地的政府也打起了退堂鼓，不久前蜂拥而入的投机分子变成了退潮后晾在沙滩上的鱼。

几天之后，我突然接到了 b 哥的电话。他嗓音干哑，说话出乎意料的简短，只是让我赶紧到四合院来一趟。一进正厅，我便看到红木家具都蒙上了厚厚的棉布罩子，b 哥正在给保姆和厨子分发遣散费。他的脚下立着一只巨大的旅行箱。

　　"看见没有？哥哥我要跑路了。" b 哥不动声色地说。

　　"我会帮你照顾姨太太的。"为了缓解压抑的气氛，我开了个无聊的玩笑，"回来等着抱儿子吧。"

　　"丫跑得比我还快呢，早不知道哪儿去了，临走还顺走我好几样古玩。" b 哥坏笑了一下，"这帮女的就是这样，平常办事儿磨磨叽叽，大难临头各自飞的时候比谁都利索。她哪儿知道，我也想趁机甩了她——我告诉她这次玩儿砸了，倾家荡产了，没准儿还得坐牢，其实远到不了那个地步。江苏那个项目我只是牵头，自己根本没往里投入多少，玩儿的基本上都是别人的钱，等到风头过去之后，照样是一条好汉……"

　　"那你跑什么路啊？"

　　"那帮人玩儿不起啊。我给他们分钱的时候都美着呢，现在亏本儿了，一个个跟死了亲妈似的，堵着家门口管我要钱，还有号称要找人卸我一条腿的……有这么不讲理的人吗？投资有风险入市须谨慎，这话我当初不是没提醒过他们，是他们非追着我要参股的，这时候翻脸不认人了……"

　　我木讷地听他骂着街，明白自己再说什么都是废话了。b 哥拽起箱子，扔给我两副钥匙："这是我这院子的钥匙，车你也先开着。隔三岔五过来给花儿浇浇水，不怕麻烦就找人保养保养家具——碰上要债的就说我死了。"

　　我开着 b 哥的"捷豹"，把他送到了机场。临下车，他拿出烟来，跟我凑了个火儿，歪着脖子吧嗒吧嗒地抽。

"对了，还没说你要去哪儿呢。"我问他。

"恕我不能明言——这是原则。跑路就得有个跑路的样子嘛。"

我迟疑了片刻，终于又开口问："陈金……哦不，陈予倩，她找没找过你？"

"没有。项目出事儿以后，她就再没露过面。"b哥突然叹了口气，语调也低沉下来，"假如我没看错人的话，她要承担的后果是最惨痛的。别人拿出来的都是闲钱，只有她，很可能把什么都压上了……还是那句话，我们这样的买卖，本来就不是她能玩儿的。"

我默默地把烟头扔了，没接他的话。b哥又说了几句"等我南霸天回来"之类的豪言壮语，然后就戴上墨镜，缩头哈腰地蹿下车，很像那么回事儿地跑路去了。自从机场高速改为单向收费，回城的那个方向总是很堵。还没到五元桥，车流干脆就停止不动了，前面的司机纷纷下车，抻着脖子张望着是不是出了事故。我溜了个边儿，开着"捷豹"从应急车道拐上了一座高架桥。

出了收费站前行几公里，便看见了熟悉的景色。那片地方恰好是在五环外的"文化创意产业园"附近，陈金芳的公司就在不远。我恍惚了一下，把车拐进了产业园正门。那栋三层小楼像没事儿人似的伫立在树荫里，楼上的灯却全灭了。我停车上楼，不出意料地看见了玻璃门上挂着的链子锁，还有一张简短的封条。物业公司声称，因为陈金芳的公司拖欠租金长达数月，已经收回了房屋的使用权。而就在几乎一眨眼以前的日子里，我们曾经在那扇门里觥筹交错、装疯卖傻、口吐莲花。那里面似乎永远有酒，有音乐，有不知忧愁为何物的红男绿女。在和陈金芳重逢的一年多里，我看着她起高楼，看着她宴宾客，看着她楼塌了。

凝视着封条和链子锁，我突然又回忆起了她在豁子的资助下，开过的那间服装店。虽然陈金芳早已改头换面，但最近的经历，只不过是把她的当年又重复了一遍而已。在那个服装店里，我曾经狠狠地拥抱过她；在眼前这个公司楼下，我又像浑蛋一样把她推开了。我曾经从她身上找到过安慰，也曾经把郁积在心里的怨气没头没脑地撒在了她身上。如今，我只能躲着楼下咖啡馆服务员狐疑的眼神，在暮色的掩护下匆匆离开。

我最后一次见到陈金芳，是在大约两个月以后。

那时天已经彻底转冷，但离过节还有段日子。中国与西方的多项贸易谈判还在胶着地进行，毫无进展。受此影响，很多原先呼风唤雨的大人物都破了产。加入跑路队伍的商人越来越多，b哥仍然不见踪影。面对经济领域的困局，国家高层发出了"共度时艰"的号召。

那天我正在办公室写稿，手机忽然响了。是个从来没见过的号码。我以为是推销房产或者保险的，便不耐烦地拒接。过了几分钟，电话又打了过来。我没好气地问："谁呀？"

"是我。"陈金芳的声音传了出来。

我的心往上吊了几寸："你……还好吧？"

"不好。"陈金芳停顿了一下，接着说，"我可能快死了。"

"别开玩笑了。"我说。

"真的……我以前骗过你吗？"陈金芳说，"我现在实在找不着别人了……"

她的口气让我不由得恐惧起来。我迅速问了她在哪儿，然后请了个假，开车出门。

陈金芳所说的那个地址，在东四环麦子店附近的一栋筒子楼里。那儿的房子十分老旧，租住的都是刚来北京不久的年轻人。逼仄的土路两旁摆满了小摊，生锈的自行车横七竖八地堆放着。离楼门洞还有半里路，b哥那辆"捷豹"车就再也过不去了，我只好步行。上楼梯的时候，我差点儿和两个香喷喷的姑娘撞了个满怀，她们翻开二两重的人造睫毛，用东北话问我"大哥咋不看着点儿呢"。

陈金芳所说的房间在三楼走廊尽头。我推了推门，门没锁，四十瓦灯泡的光亮稀薄地渗透出来。屋里除了一桌、一床、一张塌陷的沙发，就再也没有其他家具了。家具上端坐着陈金芳，她腰背挺直，在昏暗的背景中，脖子的曲线像某种水禽般宛转。

我叫了她一声，她像睡着了一样没吭气。这时，我才看见她的脸上有大片的瘀青，明显是被人打的，嘴唇都肿了起来。我还看见了沙发腿之间的那摊积血。血是顺着她的左手流下来的，把长筒袜都浸透了，并且还在以肉眼不易察觉的速度蔓延着。

我随即看见了她腕子上的伤口——半寸来长，下刀想必非常果决，皮肉都被豁开了。而陈金芳这时才意识到我来了，她睁开眼，歉意地对我笑笑。

"本来想自杀来着，不过我没有自己想象的那么胆儿大，一看见血就害怕了，不敢死了。"她说，"只好再麻烦你一趟了。"

我心里翻涌着，说不出话，弯腰一把揽起她。抱着她往外跑的时候，我感到她的体温比正常人低了许多，但搂在我脖子上的那只胳膊却还是那么有劲儿，手隔着外衣，抓得我的肩膀都疼了。跑过楼外那条小道时，熙攘的人群自动散开，人们瞠目结舌地围观着。在余光里，我看见陈金芳的血不间断地滴到地上，在坚硬的土路上绽开成一串串微小的红花。这么多年过去了，陈金芳仍在用这种方式描绘着这个城市，然而新的痕迹和旧的一样，转眼之间就会消失。

我把她送到了最近的一所医院。过了晚饭时间，医生终于结束了工作，出来告诉我"抢救基本成功"。又有一个工作人员催促我去补办住院手续。

等到一切忙完，天已经黑了。我踱进陈金芳的病房。她的邻床是一位在小诊所刮宫造成大出血的女中学生，一直在满嘴脏话地喊疼；而陈金芳则紧闭着双眼，咬着嘴唇一声不吭，脸白得几近透明，连皮肤底下的筋络都浮现了出来。

但她的听觉却变得灵敏多了，迅速从女中学生的叫骂声中分辨出了我的脚步。她睁大眼睛，侧头朝向我，眼神像锥子一样。

"谢谢你啊。"

"没什么。"我舔了舔嘴唇，忽然脱口而出，"上次那么对你……实在是对不起。我太不识抬举了。"

陈金芳笑了一笑，也许是失血过多的缘故，她的脸上出现了许多纵横发散的皱纹："你又没说错，我是没什么了不起的。"

"不不，比起我你已经……"

"当然你也不怎么样。咱们半斤八两吧。"她又接上一句。

我们有气无力地相视一笑。旁边那个女中学生的声音又高亢了起来：

"我操你妈的。

我操你妈的。

我操你妈的。"

我在医院的走廊守了一夜。第二天，医生说陈金芳的情况已经稳定了下来，我才回到单位去上班。这以后的两天，我每天晚上会到病房看看她，但她大部分时间都在昏睡，醒了也闭着眼睛，仿佛仍在虚弱地苦挨。我自然也不好跟她说什么。

到了第三天，我才走进病房走廊，就看见长椅上并排坐着两团人——的确是"团"，一男一女，身量都矮而肥胖，穿着鼓鼓囊囊的棉大衣。尽管多年不见，但我立刻反应过来，他们是陈金芳的姐姐和姐夫。

他们的模样也大变了。许福龙不再是那条精壮有力的汉子，他佝偻着腰，缺了几颗牙，连嘴唇都瘪了进去。陈金芳她姐呢，那对引以为傲的大乳房早就垂到肚皮的位置上去了。他们面无表情，脸上笼罩着脏兮兮的沧桑，一看就是常年都在干体力活儿。

我在他们面前站住脚，陈金芳她姐半张着嘴，打量了我半天，也没认出我来。我只好自我介绍是陈金芳的"朋友"。

陈金芳她姐的第一句话就是："她没欠你钱吧？"

得到否定的回答后，她的表情却变得恶狠狠的了："她坑的全是自己人。"

接着，这两口子便围住我，倒好像我是个能解决问题的大人物，东一嘴西一嘴地痛陈起来。他们的讲述解开了我长时间里对陈金芳的疑惑。

她从来就没正经八百地有钱过。十多年前离开北京后，陈金芳便南下广东，先是在服装厂里做工，后来又到了深圳。在那几年里，她先后和好几个男人姘居过，一直在尝试着做买卖，又一直在亏本。每次经营失败，她都要靠男人去还债或者积累下一轮本钱。"这和卖没什么不一样。"村里人说。她让她的家人长期抬不起头来。但不知从什么时候开始，陈金芳的形象就变了。她开始开着轿车回老家，有时还带着一两个西装革履的合伙人来"考察"。她翻修了老房子，给姐姐姐夫家添置了全套家电，母亲过世后还举办过十里八乡最辉煌的葬礼。花出去的可都是真金白银啊，亲戚朋友们又顺理成章地对她刮目相看，大家都觉得她如今是一个"能人"了。

几乎是凑巧，没过两年，她的老家掀起了一场浩大的造城运动。经历了反复的说服，村里的土地终于被一个工业开发园占用，乡民们被搬迁上楼，拿到了或多或少的补偿款。那些钱却成了乡亲们新的难题。本地民风勤勉，大家自知不能坐吃山空，但想要做点儿小买卖，又往往不得要领。有年轻一些的到县里去开过杂货店和录像厅，很快就铩羽而归，还染上了吃喝嫖赌的劣习。这个当口，陈金芳又回来了。她宣称自己和人在深圳那边搞项目，大家可以把钱交给她去投资，十五分的高额利息，不出几年就能翻番。刚开始，人们将信将疑，入股的人不多，只有她姐姐和几个堂兄弟，交给陈金芳的钱也很有限。但不出半年，返回来的"分红"就让越来越多的人动了心。又有人到陈金芳在深圳的公司去打探过，传回来的信息是她真成了大老板，办公室比镇长的还要大。

"那时候哪知道她是非法集资……现在又被警察定性成诈骗。"陈金芳她姐痴愣愣地陈述道，"她给我们的分红都是拿自己那份拆迁款垫付的，办公室也是临时租的。"接下来，村里人争先恐后地到陈金芳那儿去"入股"，连村干部都加入了进来。有个民办教师还要求陈金芳把自己的儿子招进公司里，"学着做点事"——这么做，当然是有监视她的成分在里面。有文化的人心眼儿是要多一些。但一个刚从大专毕业的愣头青又怎么是陈金芳的对手？没过两个月，这个叫胡马尼的小伙子就被她收拢了过去，成了她的同伙兼新一任姘头。

陈金芳带着胡马尼，又在广东晃荡了两年。他们过得花天酒地，用乡亲们的钱投资过工厂，也炒过股票，但始终没有折腾出大名堂来，还被更"聪明"的人骗了不少。寄回村里的红利不能减少，募集来的本金则日益捉襟见肘。眼看着就要走到绝路，陈金芳决定最后一搏。她改了身份，离开深圳来到北京，一心开拓更"高端"的人脉，做些一本万利的大买卖。在此之后，她的生活就是我亲眼见证的了。她混进了天花乱坠的艺术圈子，又搭上了b哥那样的专业投机客，貌似有了逆转局面的机会，但最终彻底崩盘。

陈金芳把事情"搞砸了"以后，胡马尼突然悔恨万分，正义感也冒了出来。在藏身的筒子楼里，他代表全村人民怒斥了这个女骗子，将陈金芳推到沙发上，狠狠地揍了她一顿，然后就浪子回头地回村报信去了。

陈金芳她姐把话说完，便站起来走到病房门外，透过窗子呆滞地往里望着。因为身量矮，她需要轮番踮起脚，重心一会儿压在左脚上，一会儿压在右脚上，好像在跳芭蕾舞。我不知道陈金芳是否也在从里面看着她。又过了一会儿，警察就来了。两个老家市局的，一个北京派出所的协办人员。他们向医院的人出示文件，说明情况，一个老警察对许福龙吆喝了一声。然后，陈金芳的姐姐姐夫便走进去，把陈金芳的移动病床推出来，推到走廊门口。那里停着一辆外地牌照的依维柯警车，还放了一副担架。

陈金芳被抬上担架的时候，我意识到告别的时刻到来了，便默默地走了过去，从上往下看着她。陈金芳眯着眼，仿佛被太阳晃到了。

我局促了一下，说："再见。"

"再见。"她的声音出人意料地清脆，还有种一切都安顿好了的踏实的感觉。

这样的道别倒也平和，甚至还称得上有几分洒脱。然而被抬进依维柯的后备厢时，陈金芳突然欠起身来，直勾勾地盯着我。

"我只是想活得有点儿人样。"这是她对我说的最后一句话。这话让我震颤了一下，连车子开走都没有意识到。等我醒过神来，眼前已经空无一人。我的灵魂仿佛出窍，越升越高，透过重重雾霾俯瞰着我出生、长大、长年混迹的城市。这座城里，我看到无数豪杰归于落寞，也看到无数作女变成怨妇。我看到美梦惊醒，也看到青春老去。人们焕发出来的能量无穷无尽，在半空中盘旋，合奏成周而复始的乐章。

《十月》2014年第3期

良 霞

李凤群

1

江心洲人不愿意动脑筋，生儿养女取名字都喜欢抄袭加套用。男的非军即宝，非贵即富；姑娘们呢，霞呀英啊，凤啊梅呀，反反复复用来用去。不过，那都是三四十年前的旧习了。

一九八八年的暑天，棉花刚到结桃期，靠了锄，地里没什么活儿。一大早，摆渡的阿三一船坐着两位姑娘到镇上去。一个是三大队的腊梅，这小姑娘才初中毕业，学生气没褪，拿不动锄又坐不住板凳，妈妈说家里没有老姜了，她就自告奋勇到镇上称，其实就是想寻点儿新鲜。这小姑娘嘴张着，显得有点儿憨，出门也不戴个帽子，脚上拖着一双塑料拖鞋，鞋尖翘在船舱里，晃荡着。另一侧船沿上坐着八大队的良霞，良霞穿一件无袖的淡青色连衣裙，太阳还没出来，良霞戴着白色的凉帽，一撮头发从帽檐里露出来，她手里捏一只花手帕，时不时擦一下额头的细汗珠。

她腰身苗条，胳膊圆润白皙，肩膀上挎一只黑色人造革包，脚上穿一双白色的高跟凉鞋，这种款式不算稀奇，可是她脚上还有一双薄薄的透明丝袜，这就显得洋气了。两位姑娘面对面坐在两侧船沿上，良霞抬几次眼，都撞到腊梅直统统的目光，腊梅几近呆滞了。阿三虽然憨，也瞧出腊梅自惭形秽，他咧开嘴，短舌头打着卷儿开始嘀咕。他一嘀咕，破了凝结在江面上的尴尬，腊梅索性长了勇气，她问良霞：你打扮得这么漂亮，要去哪儿？

良霞温和地朝她笑一笑：去趟县城。

听说你在县里交了男朋友是不是？

人家瞎说，没呢！还是那么微微笑的模样，不疾不徐，腊梅被她的和气吸引住，胆子大了，紧追着说，我跟你去逛一逛好不好？

腊梅口袋里只有五块钱。她不晓得住一晚旅馆就要五块，她还当真以为自己不是人家的拖累，可是良霞也没拒绝，只是说：你不回去，不怕你妈妈急？

船还没有靠岸，凤凰镇的街铺就露出眉目了，街道上，有挑着粮食和大白菜的农民，也有骑自行车下班的女工。腊梅一眼就看出镇上人和乡下人的区别。她看到自己的塑料鞋上沾满了泥巴，裤子是她妈妈手工缝的，屁股后头能塞两只鸡，裤腿还皱巴巴的，她突然心虚了：我还是回去吧。

良霞也没有坚持，可是懂了她的意思：没有关系，慢慢来。以后注意少晒点儿太阳。有钱的时候再买几尺布，做条裙子，买得巧，一条裙子也就三四块钱，人马上就不一样。

这些知识太新鲜了，腊梅听着，觉得十分渺茫，沮丧地把脸别过去。她的眼被繁华和美给刺着了，眼泪哗地淌了出来。

那年良霞刚刚二十。江心洲"胡""范""张"三大家族都想娶她做儿媳。胡家老六是牛贩子出身，贩了十多年的牛，已经把大公子的楼房盖起来了。大公子正在做木材生意，走南闯北，赚多亏少，就等娶妻生子，过美满生活。范家二儿子刚刚高中毕业，跟村里的领导班子来往密切，有望接下一任村主任或会计。张家的儿子是独子，虽然没上过学，可有一只一百吨的水泥船。小船长皮肤黑，可良心白，都说他为人厚道，举止稳重，掌舵技术一流，大风大浪跟前比五十多岁的人更沉着、勇敢。

这三户人家轮番到良霞家去试运气。因为知道彼此的意图，三户人家在路上碰到都有点儿横眉怒目了。良霞爸爸是个厚道人，媒人不论何时登门，他都耐住性子，要下地时放下锄头，要吃饭时放下碗筷，要睡觉时他套上衣裳，烧壶水，陪来人坐着闲聊。被这些人家请来的说客都不是等闲之辈，嘴巴能说，大话敢吹。在他们嘴里，这些早不见晚不见的人，个个性情温良，敬老爱幼，前程似锦，良霞若是答应了呢，一过门就是王母娘娘待遇。江心洲巴掌大，家家知根知底，可经他们一规划，就像在听书。他们画出来的饼，良霞的妈妈在门里回回听得眉毛竖起来。她坐在门里仿佛不怎么管事，其实屏气凝神，句句不落。

那些被委派来的人总想多探些情报回去交差，经常边说话边往良霞的闺房里瞅。良霞家有三间睡房，良霞睡朝南的大房间，两个哥哥睡在朝北的那间。良霞房里的墙也是老式的土坯墙，可是墙上贴满了明星画。最大的一张是带年历的邓丽君像，还有一张山口百惠、三浦友和夫妇相拥在一起的招贴画靠着良霞的枕头上方。窗帘不是一块花布,是奶糖纸拼接起来的帘子。她床上的蚊帐里头贴着她请人用金纸剪的展翅凤凰。江心洲还没有通电,可是良霞的桌子上已经有了一盏台灯,粉红色灯罩,一看就是有心人送她的礼物,一等电线杆架上之后就能派上用场。

良霞家西墙边靠着一条路,既通往镇上的夹江渡口,又通向屋前头的大江滩。屋基旁有块沙地,不适合盖屋,做了菜园。菜园的栅栏边种满了美人蕉,一株一株,一簇一簇,既好闻又好看。种了茄子的那一块地边上还有一棵栀子树,一朵一朵白色的栀子花羞答答地猫在栀子叶里。

因为跟良霞打过那么一次交道,腊梅经过她家门口时,总喜欢瞅一瞅那挂在窗边的糖纸帘子。一个人要有多巧的手和多大的耐心,才把这些帘子穿得这么好看,这么齐整?

江心洲的父母声称自己男女平等,其实都是嘴上说说。良霞家的男女平等,也是嘴上说说——良霞念到初三,两个哥哥都只念到初二。良霞没法继续念,那些她瞧不上眼的同学,每天给她递条子、送礼物,不胜其烦,而且她英语成绩好,经常被喊起来做领读。她领读的时候,窗户外头挤满了社会青年,他们吹口哨,用假嗓子发出细长的叫声,严重扰乱了学校的教学。老师们气得哼哧哼哧,怒目而视不敢言。良霞自觉,三五回后,她扛起板凳回了家。

不念书情况也好不到哪里去,村子里只要有良霞的地方,就有年轻男女,男孩子个个想做到最斯文、最突出,女孩们自动当配角,所有的话题都只会围绕着良霞:良霞的眼睛好看,良霞的皮肤好看,良霞的手绢花色好看。良霞站在那里,轻轻一扭,抿嘴一笑，这个样子立刻就有人模仿，有的人像，有的不像，像不像横竖都是良霞最好看。可是良霞不在意，见谁都微微笑，温柔地笑。

这年入秋，良霞终于跟父母坦白，她在县城里确实处成了一个对象。对方要良霞回来传话，问他们何时来上门提亲妥当。对方全家都是县棉纺厂的正式工，城镇户口，男孩子一米八的身高，还是高中毕业生，他迫切地想要两家父母见面，把亲事定下来。

意料之中，也是意料之外。良霞爸爸一时不知如何是好。

他说要定下来才能名正言顺托人帮我弄进棉纺厂上班。良霞羞涩地解释说。

定下来当然好，良霞爸爸面有难色，可是人要脸，树要皮，家里的房子旧成这样，乡里乡亲也就算了，见外头人实在太拿不出。这样吧，等棉花收上来，买些石灰把外墙刷刷白，屋顶上的瓦换一换，给家里人里里外外添一身新衣裳，再让他们来吧。

爸爸不想让她丢脸，她懂。她默认了。

天不遂人愿。

巴巴地入了秋，棉花结桃期，一连下了二十多天雨，棉花地里水流成河，沟沟壑壑到处都是水，白茫茫一片，水往低处流，进来出不去。江心洲人眼睁睁看着棉花一株株被雨浇得蔫头蔫脑，东倒西歪，天一放晴，上头晒，下头淹，不几天，江心洲几百亩地里，快一人高的棉秆全部七零八落，枯死败光。

良霞订婚的事拖了下来。

一直到入冬，家里没称过半斤肉，良霞一个劲儿收到城里的信。爸爸到老师家里讨了些考过的试卷来，说是给良霞妈妈剪鞋样，良霞不好意思在试卷反面写信，她收到许多信都没法回。过年的时候，妈妈见不得良霞失魂落魄，抠出十块钱，让她到镇上买身衣裳，良霞拿这些钱全去买了邮票和信纸。信纸上写得密密麻麻，都不像她一贯讲究的样子了。二哥晓得她积攒了一肚子情话要讲，站在门外笑话她：话比江水还多。

良霞甜蜜地抗议，威胁要喊妈妈来捶他们。

过完年，冰锥子还挂在屋檐上，良霞莫名其妙发起烧来，请了赤脚医生开了点儿药，三天都没退。旁人要是感冒发烧，总是喝喝开水，吃两粒药罢了，良霞发烧，紧张的不光是妈妈，大哥一天要进来摸她三回头，二哥也靠在门口，直盯着她问好些没好些没，爸爸本来忙着挑土整地基，给两个儿子一鼓动，也跑到良霞床边来问她：送你到镇上去瞧瞧？

不用，良霞回答爸爸时，把被子从脖颈往下拽了拽，想把头抬高一点儿，一张苍白小脸，睫毛上像是闪着泪珠。四目一对，爸爸脱口而出：送县里，一天也不拖。两个哥哥积极响应，一人背一段路，一直背到镇上坐上了三轮车。三轮车上，两个哥哥四条腿四只胳膊合成一张床，哥哥的棉袄脱下来垫着妹妹，生怕妹妹被颠疼，两个人的脸都绷得紧紧的，一路护到县医院。车上坐着个认识他们的人，瞅着这几个紧张过头的大男人好心好意地笑。

本来想让良霞快速退烧，可是医生扭过脸来告诉良霞爸爸：腰子上长了东西，赶紧加大处方退烧，尽快安排手术，不然有生命危险。

爸爸和二哥留在医院，大哥连夜回家筹钱，通知妈妈，带来的这点儿只够当晚用。

县医院医生下药准，没几天烧退了。烧一退良霞就写起信来，信里交代男朋友到医院来看自己。写完信，她从病床上起来找厕所，经过医生办公室，听到爸爸在向医生打听她的病情。她在外头比爸爸早一些听懂了医生拐三绕四的话里的意思，晓得自己不是普通的伤风感冒，她把写好的信当场折起来，塞到枕头底下。

那个男孩子到底得了消息。手术前，他来到良霞的病床前，良霞一见他，就把头扭过去：分手吧，分手！

虽然发了几天烧，可那说话的劲道还在，口气坚决得很，一看就知道他俩平常交往，她能占上风。

我不走，我不会离开你。男孩用肩膀抵住床头的板，哄了三个小时，请良霞把头转过来让他瞧一眼。

我不想连累你，我是农村的，现在又生了病。你走吧。

撂出这一句话来，偏就不转头让他瞧。

医生来查房，劝男孩子让病人休息，男孩子退到病房的走廊上，蹲下，抱住头，忧心忡忡。吃饭的时候，良霞爸爸买几个白馒头递给他，他不肯接，一声不吭。病房里的人七嘴八舌地发表看法，有人敬重良霞有骨气，有人评价外头走廊上那个是一个痴心汉。最后一致认为病床上的姑娘还真有福。

这些人个个嗓门大、心眼直，床上的姑娘何尝听不到这些议论？越听她的后背越发绷得紧紧的，仿佛转过头来，接受那个伤心人的安慰，就是大大地让人失望，大大地对不起旁观者。

还是做妈妈的疼女儿，又怕那个男孩子真的走掉，趁女儿睡着了，她伏下身子轻声告诉走廊上的准女婿：没怎么吃过苦，突然受了这些罪，心里不自在，又要强，明天肯定就顺了。

第二天又守了半天，男孩子爸妈差厂子里同事找到他，告诉他再不去上班，厂里要把他开除了，他这才怏怏离去。他真的走掉了，良霞又努力想把头探出来往窗外瞧，怕他会躲在医院楼下柏树的绿荫里，傻傻朝这间房张望。

不过，她嘴还是很硬：换病房，下次不要让他再见我。

第三天，小伙子把医院翻了个遍，也没见到良霞的影子。良霞在手术室，手术做了七个小时。

术后，她身上插满了管子，刚能开口，就交代家人：不要让他看见我这个丑样子！

她不知道还有比丑更大的麻烦，妈妈点点头，泪珠子一颗追着一颗往下砸。

可是他没有来，一点儿消息也没有。

七天后，良霞拆了线，钱也用光了，爸爸借了板车拖她回江心洲。临走时县里的医生招呼家里人：尽量多依她，多给她吃点儿往年没吃过的，不要让她受刺激。如此这般。良霞卧床不起了。

每天晚上，她妈妈便会端一盆水来帮她擦洗身体，妈妈沾湿一块毛巾，让热气冒一会儿，先是从脸脖子开始，再来到女儿脸庞两侧，妈妈绕开女儿微闭的两眼，也绕开前腰下那道红色的刀口。那个地方愈合得不好，可没有听到她叫唤。还有些地方，女儿也不让碰，伸出无力小手，轻轻一拨，做妈妈的懂。她说：不怕，我是妈。

妈妈一天天擦，觉得女儿一天天往下陷，有几次，她喊来良霞爸爸一起把女儿往上拖，让她坐起来，这个时候，她总觉得女儿的眼神木木的，身子抗拒地往下沉，像是用身体挖掘一口深井。她的头发，不是一根一根，而是一缕一缕地往下脱落，妈妈整理床铺时，悄然把头发拢在手心带出去，再后来，女儿瘦得薄薄的，做妈妈的不劳别人帮忙，轻轻从腋下一提，女儿就能坐起来。可是很快，她会再度陷下去，女孩儿胳膊松软，她看着妈妈——定定地。当妈妈告诉她想帮她翻个身，她那发呆的目光试着听懂妈妈的话，神情是茫然的，仿佛陷入迷雾之中，妈妈刻意不去碰女儿的眼神，听到女儿急促而微弱的喘息，她把脸转过去，害怕听到心酸的抱怨。有一回，在帮女儿擦洗时她听到女儿喃喃说了一句。

什么？她本能地直起身子，问道。

良霞抬起厚重的睫毛，大而黑深的眼睛直视着她。

他怎么想的？两个月来，她头一回开腔。

做妈妈的答不上来，又不习惯作假，只好急急忙忙端出盆去把水泼掉，又不放心，拿着空盆回到女儿床边来，伸手把煤油灯芯捻了捻，让屋子里亮一些。

2

江心洲其实有两个名，另一个印在红头文件和五洲镇地图上的名字叫太白村。太白行政村有八个自然村。八个自然村绕着江沿堤坝，各占一个方位。八大队地处东南。良霞的窗口可以望到刚刚升起来的太阳。天气晴朗的日子，从窗口可以看到东方影影绰绰的扁担洲和八卦洲，江面平静，半个钟头会有一只拖船经过，拖船上或装满沙石，或装满煤炭。它们缓缓地从地平线开到视野里来，等你眼睛疲乏了，便又缓缓地从视野里开出去。

陪伴她的，是一段段翻来覆去的往事。她站在严井湖边的亭子里。说是湖，只是巴掌大的水库。他俩就在这里认识的。她没什么别的好炫耀的，只是告诉他，她家门前的水比这大几千几万倍。

这湖，不是多么稀罕的事。

到底不一样嘛。他热烈地望着她，带着小小的优越感和试探。他在离这条湖不远的国营棉纺厂上班。

你不像县城里的人。乡下人最怕听的就这句，她的脸一红，正待转身离开，听到他接着说：你像北京来的。

他说这话时，周围是蔓生的蔷薇花和垂柳的枝条。她知道自己好看，从小到大，因她长得好，她被告之将来能吃香喝辣，享荣华富贵，江心洲人的荣华富贵无非就是嫁给城镇人，吃商品粮，住楼房，喝自来水，拿工资。良霞的蓝图就是如此。旁人从渡口往县城里去，摆渡的就会问三问四，做什么事，什么时候回。可是良霞要是三天不到渡口来，摆渡的才会问三问四，出了什么事，良霞怎么不到城里去。良霞晓得她就是这个命。天生丽质，高人一等。

家里的经济不宽裕，良霞进城的钱，有时就是紧巴巴地够两趟路费。她呢，会瞧瞧城里姑娘的打扮、衣裳的样式，记在心里，手头宽裕时买几尺削价的布料照着样子做，大多数时候，她只是来逛一逛免费的严井湖公园。

就是在这里，他把脸凑过来，她闻到芳草牙膏清新的香味。他的牙齿磕在她的牙齿上面。他的胸口贴着她的。他说：一生一世。

疼痛的间隙她能回忆起搭乘渡船时听到的潺潺流水和鸟鸣。她去过他家一回。县东城一个巷子里，院墙一人多高，院墙边靠着三辆自行车，一家三口每人一辆，锃亮锃亮的。院子里有七八盆花草，还有一间屋大的空地，可以种茄子，搭葡萄架，既可遮阳，又能吃水果。那样的生活印在她脑子里：微微的呢喃声，多样的色彩，有力的胳臂，还有他的气息，温热而浓情，又真又切。现在，她的脸被病症的面罩蒙住了，他远得像一场白日梦。

来看望她的乡里乡亲一进房门就开始装假，假装没瞧见她瘦脱了形，净跟她说些好了之后怎样怎样的话。她冷冷的，没有表情。她不是傲慢，只是心在别处。她心里晓得他们的好意——所有的问题都在这里——她从来没想过人人都来同情她。这些日日经过她窗口的人：扛着锄头下地的，到镇上去采买的，挑着担子的，空着手的，拿着玉米棒子边走边啃的，有活力、风风火火的。朝她窗口的眼神没有一点儿恶意，也不带任何挑衅和嫉妒——过去的东西被他们一笔勾销了，除了怜悯——这个东西太新鲜了，她一撞到就不自在，只好把眼睛闭得死死的，闭到满头是汗才睁开。

躺了差不多一个月，那个男孩突然来了。到底来了。他没在堂屋跟她家人寒暄，直接问她在哪间房，然后扑了进来。她已经挪到北边房里，她大嫂要过门。家里原先就数她的房间朝向好，还宽敞。琢磨着这间房能放得下高低床和五斗橱，外加一个缝纫机，都是女方的陪嫁。这桩婚事，大哥原来不肯点头，大哥是想法多、野心勃勃又乐观不掩饰的人。他想到镇上开理发店，或者跟人合伙买条船，甚至想到村领导那里批块大的地皮把楼房盖起来再考虑结婚。妹妹这一病，用掉了所有的家底不算，还借了债，女方竟不嫌，他的婚事自然加了速度。那个姑娘一口龅牙，现在看上去却不那么挡事了。筹备婚礼这些日子，大哥变得有点儿反常。有时他脚步声、呼气声和划碗的声音都特别重，有时又听不到他半点儿动静，再仔细听，才晓得他就坐在堂屋里。

良霞挪到大哥二哥原来的屋里睡。二哥夜夜在堂屋打地铺，他的被褥和衣裳，白天用绳子绑好，摆在屋角，晚上摊开来。

扶她换房间那天，妈妈没忘记把窗帘和邓丽君的画挪过来，可是山口百惠和她丈夫抱在一起的那张被扯坏了。这个窗口，不如南边的暖和，光线也不怎么好，不过还是能望到惯常走的一条路：下地的背着锄头，进城的挎着篮子；有时是四条腿的牛，不紧不慢地过去；有时是两条腿的鸡，低头觅食。

家里人和亲戚都在忙着大哥的婚事，脚步乱糟糟的，可是妇女们说话都不像一贯那样大声大气，她们体恤房里有病人，还体恤病人的心情，说到"新娘""喜钱""嫁妆"的时候，声音都主动压低。良霞头发掉得差不多了，也不要人扶她起来梳头什么的了。那天她格外清醒，没垫枕头，仰面平躺在床上，眼睛里的余光能望到窗户外头的树叶、树冠和那片蓝莹莹的天。

听到有人推她的门，她一转过头，看到他雪白的衬衫一下子映照得房间都亮了，她一急，想摸点儿什么把头蒙住，可是来不及了。她看到他的脸色慢慢地变了，嘴巴错愕地张着，他没料到朝思暮想的人如今是这个模样。明知是她，他眼睛还加快速度眨巴眨巴地，想看清楚。那么一会儿工夫，她整个人都哆嗦起来了。她揪起身上的被子，遮住了自己的头，拽得太多，还因为激动，那双脚脖子露出来，抻得老高的脚踝骨，随着她情绪的波动，皮下的骨头一动一动，像是要戳破那层皮。她意识到脚露出来了，双脚想找地方藏，脚背慌张地撞到床头，发出啪的一声响，他吓得倒退一步。

他背着一只鼓鼓囊囊的大包，里头是洗换衣裳和一些私人物品。他费了许多劲儿才逃出来，他准备不走了，跟家庭决裂，工作也不要了，留下来陪着她、照顾她，把他全部的爱情献给她。他揣来的满满当当的柔情想包围这轮明月，可是他眼前望到的只有一摊枯树枝。他抱住头，蹲在地上放声大哭起来。外头的人以为他心疼，想不到他如此有情有义，挤在房门口偷听，个个鼻子发酸，有人开始感谢老天开眼。城里来的人哭得很激烈，然后冷不丁拉开门，垂着头，从挤在门口的人缝里钻了出去。他的背包绊在谁的手臂上，也不管了，使劲儿一拉。一家人目送他往渡口去，背影没在埂下才回过神，全部拥进良霞的房间，良霞的头还没有从被子里露出来，只是带着哭腔一遍遍地喊：不要看我，不要看我！

家人把她被子掀开，她大口地喘着气，好久才明白人已经走掉了。

当天晚上，她又发起烧来。这个病一高烧就重，烧不退就坏事。

爸妈不敢怠慢，又送了一回县医院。人家抽了血，又把她拖到机器上测了测，说不大管用了，让家里人拖回来。到了第五天，她仍然粒米未进。时而清醒些，更多的时候迷迷糊糊的。她断断续续听到妈妈的哭声。有回妈妈许是坐到菜园的栅栏边上哭，身子发抖，带着栅栏摇晃，栅栏里有她前年系着的一个唬鸡的小铃铛，久不管它，锈了，惊出嘶哑的颤音。

男人们比女人沉着。爸爸成天泡在地里，中饭有时都忘记回来吃；二哥守在良霞床边，一声不吭，良霞动一动，他就动一动，良霞昏迷的时候，他就支在墙边，眼珠子牢牢地盯着妹妹，生怕眨眼眨出事故。

有回半夜她有些意识，天一片漆黑，她听到隔壁房间大哥从床上往下摸，灯都不点，他在小心地拉抽屉，乡下男人最多靠捕点儿小鱼小虾、卖点儿劳力攒些零钱，良霞心里晓得，哥哥的抽屉里最多也就几张毛票子，估计他又要出门找偏方。但凡听说哪里有偏方，他就往哪里跑，他跟妈妈说的那些地名，最短的来回都要走七八个钟头，家里的草药都是他求偏方抓来的。妈妈把哥哥带回来的草药煎好，早中晚煎上五六碗，方子里有黄连苦胆，喝一碗能吐两碗。有天晚上，她用手背挡，打碎了药碗。妈妈给她跪下了：儿啊，药苦就有盼头，你有盼头妈妈就有盼头。

伏在床头哭泣的妈妈身子发抖，怕被外人听到，她把头埋到自己胸前，想把声音拢在自己怀里，可是床头柜上一只瓷杯子里放的勺子却在不停地抖动，瓷杯碰撞勺子的声音越来越快，越来越响，响到让良霞的喘气声也跟着越来越重，越来越急。

哭停的妈妈又炖好药端进来，良霞看都不看，由着他们灌，灌完就抿住嘴，硬生生把胃里翻到嘴边的药汁一口口再咽回去。

烧奇迹般地退了。

可是草药一天不敢断，先是到县里的药铺子里抓的，后来，就全家抽空到山里野外去采，一采几十斤，实沉沉地挑回来，到江边洗，太阳底下晒，晒干了切碎，装进蛇皮袋，挂在房梁上，每天从里头抓不同的几把到锅里煎。大半年的工夫，她真的好了一些。

她居然能起床了，站到门前，倚靠着门框，身上渐渐感觉到有些冷。家里人都下地了，只有大哥刚刚挑水回来，正蹲在门口剔球鞋上的泥，鞋帮子上补得已经没有原色了。大哥的后脑勺上的头发乱糟糟地纠在一块，感觉到妹妹在看，大哥一抬头，朝她一笑，他的目光有些呆滞，额头上抬头纹那么重，看上去哪里像刚结婚的男人，哪里像二十多岁的小伙子，哪里像意气风发的哥哥？良霞胸口一阵紧缩，就像一只猫腾地蹿到她跟前，细小的爪子透过薄薄的皮肤压到她的心上。

　　一阵急风起来，门前一株梧桐的叶子一下擦到一起，发出刺啦啦的声响。又刮起了一阵大风，空中响起一阵闷雷，江面黑绵绸一样，柔柔地摇摆。

　　她想都没有想，就奔着江里去，下了坡，爬过一道矮墙，就拐到了到江边芦柴滩上的小路。她身子太虚，快接近沙滩了，一粒汤团大小的石块刮了一下脚背，她扑通倒了下去，再爬起来的时候，胳膊和膝盖都火辣辣的，她的脸上没有表情，只是用手背抹掉了嘴上的土，继续往江边去。眼看就望到平平整整的江面了，哪晓得大哥却比风更急地扑来，一把抱住她。她挣扎的胳膊举到空中，雨点打在裸露的臂上。哥哥不说话，光是抱住她的腰，又怕触到她的伤口，手臂时紧时松，稍一松，她就往前挣脱，把手紧一紧，就看到她脸色发白，嘴唇也发白。拉拉扯扯，转眼脚尖沾到了江水。她盯着江面，神情很平静，虽然身体被大哥抱住，却仿佛获得了自由，她恨不得马上扑进去，与大江融为一体，痛苦转瞬间消失不见了。

　　她转过脸，对着大哥：为我好，就让我去。她讲这话的口气，不像她的性格，也不像她的年纪。

大哥不跟她讲道理，他只是箍住她，不松手。她瞧见大哥的手指缝里，全是污垢。他去年还那样讲究体面，如今搞成这副样子却浑然不觉，他甚至不瞧她，只是箍着她。她头回感到大哥怀抱阔大厚实，那心跳却快得吓人，眼珠子圆瞪，带着哀求，好像妹妹再往前一步，先栽下的是他。他的模样把良霞惊住了，她的力气一下子全失光了。看热闹的人已经站在堤岸上了，他们眼里就像看一张画报。画报上的两个人，一个要腾飞，另一个人在托举。

雷声渐远，良霞的脖子软下来，贴住大哥的头，不再抵抗。

3

家里人的心思全在攒钱。她只剩一个腰子，还不合格。医生说得明白。随时随地要往医院送，这回花钱比上回更多，更没底。

可是钱这个东西怎么也存不住，总是左手进，右手出。大嫂进门的时候买了几样家具，给大哥添置了里外各一身衣裳。酒水礼金好歹紧巴巴对付过去了。大嫂一进门就有了，整天吐啊吐啊。都猜怀的是男孩子，她更娇气了。五六毛一斤的苹果一天要吃两个。

躺着过和走着过日子完全不一样。走着过日子的时候，她心里只有自己，只有未来，最大的烦心事是怎么把字写得漂亮些，衣裳怎么配时尚，除了爱情，再无困扰；等到她躺下来的时候，世界也歪了似的。房子是笨重的，奔来跑去的脚步声七零八落的，家里人都变重了似的。她原本以为地球是围着她转的，可是现在，她的身子浮沉在自己和他人之中，经常一阵剧痛来袭，之后就能体验到别人的生活。她闻到爸爸劣质烟叶的味道，往年爸爸见到她就笑，如今也天天伸头往她房里瞧，张开嘴，露出牙，发出的声音却不怎么像笑；大哥的嗓音低沉浑厚，说什么话字都少而精，声音还小，就像过去那些特务见不得人似的；她听到二哥在门口跺脚，以前她是不留意的，原来二哥是个暴脾气。

二哥叫承明，只比她大一岁。她一病，承明一下子摆脱了年少无知的模样，往年，他为了一条牛仔裤还跟老头子顶嘴。家里有这么一个方圆百里难得一见的妹妹，巴结他的朋友一拨一拨，他好结四朋，难免学会了大手大脚，还爱热闹，喜欢跟风，看到人家有双卡录音机，也在家里吵了几回，他跟爸爸要钱要了几回，老头子硬是没松口，那时只有良霞站在他一边，她还许诺他：我要是进了棉纺厂，第一个月工资就帮你买录音机。

这些，远得像上辈子。

妹妹这一病，二哥的朋友全受了惊，不敢来找他出去玩。因为一开始有谣言说这病传染。真是荒唐，他那么爱热闹有想法的人，因为傲气，憋着劲儿待在家里，还时不时进妹妹房里逗她说会儿话。他穿着大哥的旧裤子，他个子高，裤脚高出脚背五六厘米，他满不在乎地进进出出。

爸爸劝他谋个出路，家里这六七亩地，他们老两口和大哥承亮就能忙得过来。承明同意了，愿意跟人后头做木材买卖。爸爸去跟胡老六一说，人家不在意过去三番五次碰过钉子，既往不咎，答应让儿子胡大奎带承明下江西，教他买卖的门道。

做买卖才算是正式接触社会。机会给了承明，可他把不住。胡老六在地里抱怨了几回。想必是大奎回家说的，承明傲气太重，又不怎么晓得看人眼色，有几成把握的生意到他手里也能黄。有时说少了一句客气话，有时说多了一句狠话，反正就是不灵活，不是做买卖的料。胡老六零零碎碎说了四五回，良霞爸爸都不顶嘴。二儿子小时候望着调皮，越长越像他，现在，差不多定型了，就是他的翻版。到年底分红时，承明本来本钱就少，一年下来，拿到手的红利还不如在家里种地。其他人都吃了惊，可良霞爸爸早就心里有了底。村里万元户不少，到底还是有经验肯吃苦性子活泛的居多。爸爸又怂恿起大儿子来。大儿子承亮能忍得住事，跟人打交道也算活泛，奉承话他也能说几句。老二太像他爸，太实诚了。这年头，夸哪个人实诚就代表这个人没出息。

承明被发现不是做买卖的料，身价陡然下跌了不少。他比大哥犟，还想依自己的眼光挑姑娘，可是没有三间瓦房，谁家的姑娘也不肯。这对做父母的来说，是个大难题。

良霞虽不能动，营养还不能缺。原来肉一块二毛多一斤，过了个年一块八了。不动脑筋，赶不上这往上猛蹿的物价。爸爸把靠近水源的一块地整出来，搭了大棚，种反季蔬菜：西红柿、青椒和黄瓜。整个县上，搞上大棚的屈指可数，有风险，可利润肯定不错。还没立春，那红彤彤的西红柿就结成了。每天天不亮就到镇上卖，爸爸起床的动静尽量地轻，拉门闩像电影里的慢镜头。天大亮东西就卖光了，他坐在门槛上理毛票子。这个时候良霞能看到爸爸的头发花花的白。五十多岁的人了，还得学栽种新技术，这在江心洲真是新鲜事。他自己也振奋了许多，有天晚上他打了一斤散酒，跟两个儿子坐在堂屋里喝。上一回喝酒，差不多两年前的事了。两个儿子坐在下首，孙子在桌子下面学走路。这情形，也其乐融融。

喝了两杯之后，爸爸在外头鼓励良霞：能出来坐一小会儿吗？

良霞晓得他们在意自己。平日都看她的脸色。她脸色好一些，要水喝，喊冷或是热，他们就能放下心，要是她一声不哼，既不喊疼，也不说话，他们就提心吊胆，吃饭干活都不敢有声响。她披件外套，把着墙走到房门口，在小板凳上坐了刻把钟。

桌上真没什么菜。几块豆腐乳，一碟花生米，一盘腌菜，他们个个都不望菜，半天啜一口酒，然后就是说他们的计划。

她听爸爸说他的打算，干个一年半载到村里申请一块地皮，再盖两间屋，一间大点儿的给二哥娶个媳妇，另一间也要朝南，让良霞住。她现在住的地方不采光，不利于健康。爸爸的额头黝黑，半脸胡子密密匝匝，遮住下巴，他张开嘴，露出白牙。

她头晕。妈妈也有点儿紧张，站到她身后，两条腿贴住女儿后背给她当椅子靠。大嫂盛了碗豆腐汤递到她手里，热气腾腾的。

跟往年一样，她一直受到大家的宠爱，可没有往常的驰心旁骛，她晓得他们个个疼她，她甚至想说一句感激的话，可是她在家娇气惯了，从小到大，没开过这种口。

大棚菜利润是高些，可不如想象的那么好卖，开头也吸引一些尝新鲜的，越卖却越不顺手，爸爸挑回来的剩菜越来越多。爸爸也不笨，他总结说，镇上的人吃惯了便宜的菜，五毛钱买一根黄瓜，他们也晓得算账呢：再添五毛，能买三两肉了。仿佛为了原谅自己的判断失误，他摩挲着筐子里的西红柿，自言自语：换了我，也不舍得买。

有天晚上，良霞口干，睡不着。生病前她也总嫌时间过得慢，有时下雨出不了门，有时县城里的信几天不来，她免不了轻声抱怨，现在，她知道什么是真正的慢，反而一句怨声也没有。她到堂屋找热水瓶，走出房门，听到爸妈在谈心。

是帮二哥找对象的事。村子里差不多大的姑娘被捋了两个来回，最后妈妈想请人到宝霞家提亲。宝霞个头矮，眼睛有点儿小，都二十三了，肯定能说成。

妈妈说：说成就要用钱，钱用掉了，怎么带良霞到县里检查呢？手上没钱我心里不踏实。

爸爸说：承明也不能拖，形势一年一个样，去年王老六的儿子结婚，彩礼一千六就成，今年涨到二千八了，还另加酒水钱。

他们俩轮换着翻身，床板吱吱地叫，夹杂着粗重的叹息。妈妈说腰疼，爸爸想帮她揉，可是膀子疼得抻不过来，肩周炎不是一日两日了。

良霞的耳边出现嗡嗡的声音，她内心里的怨怼被更阔大的恐惧盖住：一场病把我身上的都拿走了，我又夺走了我大哥的前途，还拿走了我爸妈的安生，她胸口一阵发紧，晃一下头，想把这个情景赶走，却又瞧见自己成了凶手，她腰上揣着刀，紧追着二哥，直把二哥追成了一个老光棍，蓬头垢面，衣衫褴褛，鞋子拖在脚上，一副邋里邋遢的样儿……

她轻轻地拉开门，三月天还冷得很，她平日是要十分当心的，就算上一趟茅房，妈也要给她披件外套，可是今晚，拉开门的时候，有意把夹袄脱在屋里，她在门前小心地踱着步，一阵小风一吹，她有点儿冷，双臂抱紧，却不肯进屋子。

门前的场地这么小，走几步就到墙脚，靠着路的外墙脚有处地势很低，先是长满了青苔，后来砖块碎了，到下雨天，水渍渗到墙里，又晒不到太阳，久而久之，那地方越来越潮湿，要是往年，家里人是顾得到这些，怎么着也运些砖来补补的，这几年，家里人个个累到喘不上气，就由着它了。今天晚上，湿气特别重，带着腐烂的霉味，良霞的心上泛起了一阵阵的恶心。像有什么东西堵在喉咙口，吐又吐不出什么，吞又吞不下。她打了一个冷战。要是现在切断自己手上的筋，那一定不会惊动任何人，而且，淌出来的血并不会是红的，月亮底下的任何东西，都没有颜色。她想这世上有没有一种药，往嘴里一吞，面目不改，头一歪就死掉，根本看不出是寻死的。

她缩起肩膀，眼睛闭起来。听到模糊不清的树枝打在屋角，发出沙沙沙的节拍声。天灰灰的，窗户也灰灰的，她睁开眼，感觉到灰灰的手指上没有力气，全身都没有力气，又像什么东西拽住她的脚，进又进不得，退又退不得。

过一会儿，腰就撑不住了，她轻轻地跪到地上，两只脚相互帮忙，蹭掉了自己的拖鞋。寒气顺着她的膝盖往两头走，她把手臂贴住地面，额头也贴住地面，乍一看像是朝拜，事实上她冷得撑不住了。

到底母女连心。妈妈不多久就到良霞房间瞧女儿，才找到支在墙脚的姑娘，整个身子冰凉发硬。妈妈的尖叫把一屋子人都叫醒了，她不是小题大做。良霞真快不行了。

这回她烧到四十摄氏度。赤脚医生一趟一趟跑，一来二去，到底又花掉了爸爸好不容易积攒下来的全部。她一万个不想叫家里再破费的，她心里清楚自己这错没法补救了。她不喝水，水喂进去，从嘴角两侧淌出来。她也不饿，她也不疼。她直挺挺躺着，她等着。

当不了英雄，也不做拖累。

江心洲有两个拖累。一个是方达林，得了肝腹水，肚大如鼓，可又死不掉，一天到晚要人服侍，他的哑巴老婆里里外外都要忙，累得像狗一样舌头吐出来喘气。还有一个是陈五常。他没儿女，自己又死不掉，经常涎着脸东家借西家摸，头上长疮，腿上流脓，人见人嫌，狗见狗躲。

妈妈揪住根稻草不肯松手。她附在女儿耳边，摸着女儿的头发，她的脸抽搐得变了形，吐出来的字被哽咽和泪水糊在一起，明知女儿听都听不见了，她反而越发想说话了：我的儿，这个年纪就走，再怎么说体面，也不是体面，活到老就是体面人，是娘老子的体面，是一大家子的体面。我的儿，老话说，三十年河东，三十年河西，明天的事难讲得很。

到底男人更理智。爸爸不知道从哪里又搞到一笔钱，请了木匠在打棺材。刨子锯子斧子那些声音一直在响。

良霞的意识模模糊糊，手心被拉到妈妈胸口，她手背上的骨头戳到妈妈胸上的皮。那里曾经奶过她，如今薄得兜不住心脏。女儿死在娘的前头，说到底，没有比这更大的不幸了，女儿这口气快接不上了。神志不清的临终之人别的都看不清，独独看清了妈妈胸口的那个窟窿，她奋力呼出了一口气。

棺材打好后用塑料袋子扎得严严实实的摆在西侧屋檐下。

第二年年底，承明在山里头寻着了个姑娘。姑娘皮肤黑，身子短，比二哥矮了一个半头，还胖，下巴贴在胸口。二哥站在门口望江面上的拖船，妈妈就站在他身后做工作，叫他学着点儿大哥，让他想一想妹妹。妈妈的背影伛偻，白花花的头发随随便便地绕在脑后,她当初也是大美人。良霞爸爸经常说孩子们都有福,都像妈,其实他自己也相貌堂堂。如今,这些都显得微不足道了。怕夜长梦多,没等村上批下来地皮盖新屋,就急急操办了婚礼。

爸爸妈妈想让出睡了一辈子的那间屋给儿子做新房,新娘子挑剔,要良霞的这间,良霞搬到妈妈房里睡,打地铺的变成了爸爸。打地铺不是个事。兄弟两个看不过去,把东边菜园子整出来一大块,接了间偏屋。里头勉强放得下一张三尺宽的窄床,爸爸进去绕一圈,头要弯下去一尺多,越往里,腰弯得越深,坐到床上,头顶住屋架。良霞不声不响把自己的身体挪了过去。爸爸过来喊她回大屋,良霞说:妈跟我睡,脚都伸不直。我也怕她翻身踹到我,我情愿一个人睡。

跟惯常一样,良霞的话,爸妈都依着。

这回挪地方,那张邓丽君的像没保住,糖纸做的帘子也灰了。不过,她早就不计较了。江心洲刚通上电,大伙都不内行,不敢乱接电线过来,她仍旧用煤油灯照明。床头放着收拾整齐的人造革箱子,箱子里放着一些信件、几件前几年还时新的衣服和一个装着发卡和粉饼的饼干盒子,另外还有一只硬皮笔记本。初中就带在身边的,里头抄着几首喜欢的歌词、几首诗,还有对几篇文章的读后感——不成熟,尽是憧憬和惆怅,都旧了。可是这个房间,更容易闻到花香。她刚刚闭上眼睛,就听到了丝瓜藤的沙沙声——黑暗之中微弱的低语,像情人的呢喃。到了天亮,新鲜泥土的香气芬芳、清新,二十多年,像是第一次闻到。妈妈到菜园里浇水,一瓢瓢夹着粪液的肥水泼到菜叶上,这是生命的气息,生活的气息。有回她梦见自己突然能走了,脚步轻盈,从这个门口弯腰出去，经过栅栏两旁上了小路，径直奔向渡口，三轮车也不要，靠了两条腿，停在那个人的窗口。在她身后是初升太阳的亮光，在烟雾和尘沙中闪烁着柔和的色彩。

没过多久，她就习惯了矮和暗。移除一些念想，人就到达自由。说真的，她觉得没什么好害怕的。屋子虽小，还不停地有东西往里塞，一只床头柜，二哥给的。大哥的境况也有了变化，他跟大奎合作得很愉快，两个人很谈得来。不过家里说了算的是大嫂。她在困难时候进了这个家门，不能忘恩负义。她把赚到的钱拢在手心里，心思还在申请地皮上，想搬出去单过。地皮的事一拖再拖，她就先买了电视机，房里不用的旧东西放到良霞屋里来。每天下午的夕阳照进来一阵子，照耀着静如止水的脸庞、发了霉的旧书和生了锈的铁架子。

有一阵子，二哥二嫂干架干得厉害。起因是一件小事。他们到镇上赶集，承明一个人甩开步子走，他走得贼快，二嫂想拉一下手都拉不到，好不容易赶上了，他又不愿意跟她肩并肩。一回两回，做妻子的明白，丈夫是嫌她。最可恨的是晚上他不碰她，拿脊梁背对着她，一开始她忍着，后来开始抱怨。抱怨能有什么好结果呢？事情摊开就跟脸皮撕开一样，她疼得半夜在床上尖叫，摔热水瓶和灯罩，男人懒得应战，怒气让女人更强大。她把全家和邻居都吵醒，大家都清醒起来了，她自己却倒头就能睡着，第二天，她起得还特别早，撒玉米粒在地上喂鸡。咯咯咯……鸡们欢快地啄她的手，她夸张地躲闪，哈哈大笑。这样一来，家里没一个睡得好，二哥更是变得蔫头蔫脑。有一回，良霞看到他踢翻一只猪食盆子。什么破日子。他嘀咕。二嫂几年没生出一男半女，换了旁人，会急，会惭愧。她没有。大嫂又生了二胎，是个女孩，被罚了两千多块。大嫂心疼钱，坐在床上垂泪，不肯给孩子喂奶。二嫂帮着洗尿布，哄小婴儿睡觉。

过了几个月，良霞见着了二嫂的爸爸，他过来借钱买肥料。二十里的路，他走了四个钟头。良霞那天能起来，她坐到门边的竹椅上晒点儿太阳，看着老人摇摆着肩膀一纵跨进门槛，原来老人家得过小儿麻痹症，一条腿又细又短，走起路来瘸得厉害。良霞望着他用手背抹脸上的汗珠子，想得到他这一生走得多么艰难。吃过午饭，绕了半天弯子，才说出是来找亲家借钱买化肥，田里的稻秧等着肥料养。良霞心想，难怪这门亲结得这么顺：瘸腿家的女儿懂得将就家里有腰子病妹妹的男人。这才是门当户对。

二嫂吵来吵去，爱情没要到，怨恨却更深，再后来，吵闹成了家常功课。这样一来，全家每个缺觉的人脸色都发灰，个个白天都没精打采的，到了晚上，都快快上床，想在这两口吵架前先睡上一觉。没人站出来说话，旁人都等着这家人跳起来，说理，咒骂，可是经历了生死的徐家人，并不怎么在意小吵小闹。良霞心里清楚，自己能活，对家人才是大事，旁的都是小事。

其他人都是等他们一吵歇，赶紧闭眼睡一睡，可是最需要马上休息的良霞，每回在二哥二嫂吵完后，静静地想上半天。她不像人家以为的那样一味站在二哥一边，她晓得二嫂心里难受，可是，一想到二哥这样心高的男人搂着这么个形象睡，她也替他抱屈。她想想就叹气。人世间的苦，哪里只是病得卧床这一桩？

火药味弥漫，病人反而被忽视了些，被忽视反而自在，有一阵子，良霞能出来走走坐坐了。见到门前有几泡鸡屎，也能拿起扫帚扫两下。

有一天，妈妈心血来潮，要带良霞到大棚里看看。麦苗和油菜都散发出清香，麻雀叽叽喳喳的，她克制住腰上的疼痛，想多停留片刻，妈妈怕她腿上没力，扯了根树枝，让良霞拿着撑一撑地。良霞看了一眼，抿了一下嘴，把脸让过去，妈妈只好放下挑篓，跟在女儿后头，关键时候扶她一下。

快要到家的时候，良霞一抬头，瞧见了三大队的腊梅正往渡口方向走。几年工夫，那姑娘大变了样。头发烫成了爆炸，穿了条勒得很紧的裤子，腿形一览无余，可是不直，也不细。完全的模仿。她手里拿着一把黑色的雨伞，那天看不出要下雨，太阳也不辣，那雨伞使她显得不伦不类。腊梅也瞧到良霞，好像被吓着了，两只眼睛瞪得大大的，看上去还是愣头愣脑的。到底年纪还轻，看到跟自己想象不一样的都会大惊小怪，良霞想。很快，良霞就明白腊梅认出自己来了，她脑袋向两边转了转，想找到藏身的地方，可是庄稼地里正空旷，她来不及了，两只脚只在原地动了一下，然后索性停了下来。良霞经过她的身体左侧，感觉到这姑娘的呼吸声特别重。

有一天，二嫂跟二哥又在床上吵。爸爸被吵醒了，见天黑漆漆的，以为天快亮了，就起来挑担子去卖菜。走到渡口把摆渡的喊起来，天还没透白光，船是黑的，水面也是黑的，他估摸着往前一跨，一脚踏空，一头栽到水里，菜篓子翻到他身上，把他罩在水底下。船上又没旁人，只有摆渡的憨老三，憨老三并非浪得虚名，他乐了半天，对着水里说起话来：菜撒了吗？天亮我捞起来归我。

没人搭腔，等了半天，才觉得有异，他放下桨，跳下去把人拽上来。跌下去的时候，良霞爸爸的脑门刮到锚上，脑门上有一道筷子长的大口子。他被抬到镇上的卫生院包起来，又抬回来，打了消炎针，灌了消炎药，却一直没有醒过来。

良霞耳朵尖。大家想瞒着她，她自己爬下床，扑到爸爸身上。

死的时候脸肿得不像个人，一句话没交代，只在最后一刻喊了两个字：良霞！

良霞紧接着昏死过去。爸爸的衣裳被剥下来挂在门口晒，有细心的人到口袋里掏粘在一起湿淋淋的毛票子和硬币出来，送良霞到县里住院。

她被板车拖回来的时候，爸爸和屋檐下的棺材都不见了。

4

爸爸死后，妈妈待良霞比往年更好。热天要帮她擦三回澡，怕她长痱子。冬天两天晒一次被子。夜里她起来给良霞换三回水焐子。她本来想把良霞从偏屋里挪到正屋里跟她一起睡，大孙子被他妈妈赶到了奶奶床上。小孩子在她脚头哭着睡去，又哭着醒来。她用苍老的手摸摸孙子的小鼻子小额头。她又有什么法子呢？她本来就不是个喜欢找事的人。

她一句话也不多说，她本来就不管事，何况还有个生着病的女儿。这个媳妇还算厚道，换了厉害的，早就摆臭脸给她们看了。

真正揪心的还是钱，她年纪大了，又不当家，现在的重任也是带孙子孙女，往年手上没攒到什么，想到良霞哪天又要发作，常常会陷入一筹莫展之中。正在这时，村里许多人又开始信佛，她也跟着去了趟九华山。回家后，每月初一和十五，鸡叫三遍就起床，嘴里念念有词一番，开始是一刻钟，可能是不晓得怎么样跟菩萨沟通，又去了一趟之后，了解一些典故，对菩萨有了更多的期待，跪在地上的时间也就长了，有时一跪能跪一个时辰，忘记煮早饭。

她求菩萨保佑的事情经常有矛盾。她有时想求菩萨再给女儿十年的寿命，想到女儿年纪轻轻，荣华没见，富贵未享，就这么早早地去了，她心头难受，可是转念又想，她怕自己过几年没了，女儿在世上，谁来给她洗衣，谁来给她晒被，谁给她倒水，谁帮她擦身子？这个时候她又恨不得女儿死在自己前头自己才敢闭目。她就是这样左右为难。有时想叫菩萨给自己多活几年，能照顾女儿，又能照看儿孙，可是又怕菩萨怪她贪心。时不时又会说：我们家良霞，从小没碰过桶，不晓得柴米重，不晓得油盐贵。我们良霞，没瞧过人脸色，向来都是人哄她，她不晓得拿话哄旁人，不是我贪图，是我放心不下。期期艾艾，欲言又止，便不像另外的信徒那样坚定，求菩萨保佑发财、平安和富贵，永远不更改。

有一阵子，良霞很愿意配合妈妈。她被扶起来双手合十朝着堂屋上的三炷袅袅烟雾躬身三拜。

她虽然不像她妈妈那样崇敬之情挂在脸上，但她口中念出"菩萨保佑"时仍觉有一道奇异的光芒，贯穿她的身体。

有几天，她神清气爽时寻思着是不是她的诚意感动了菩萨，可是她没来得及更虔诚时，一场雨一下，她又直不起身子了。

良霞身上还有许多其他症状。比如耳鸣，却又不是通常的嗡嗡声，像是有人在耳边嘀咕，又像是远处有人在呼喊，侧耳听，侧身等，却又什么都没有。无法明白那是什么声音，也不知道那声音来自何方。

有一阵子，她在黑暗里自言自语。妈妈等在一边，想听到与吃喝冷热等有关的词，可良霞的声音不是向外发出的，也不是说给她听的。

逢初一和十五，她妈妈再喊她起来烧香拜佛时，她会把被子往上拉一拉，做妈妈的明白，这就是不肯的意思了。

做妈妈的不死心，她劝女儿说：我昨天还觉得头疼，今天早上拜了一拜之后感觉好了许多，还有我的腿，前几天一直酸痛，今天也不痛了。

那些其实都不是她真正的痛，她真正的痛处在她自己身体外头，在她的眼皮底下。良霞懂。她听话地侧过头，挨着妈妈的臂膀，下床，跪下，双手合十。

有天夜里，妈妈听到良霞在唱歌。一年多来，这是良霞第一次开口唱歌。她的声音虚弱，歌声飞进寂静无声的黑暗，绕过枝繁叶茂的梧桐，洒向黑压压无边的苍穹，然后，又被婉转地带回来。

没有人留意到她字正腔圆的发声，那嗓音的优美也没有被肯定。他们只会就环绕在黑暗中的动静发出评价：脑子烧坏了。

妈妈听到有邻居给出另外的总结：可能药吃多了，更有可能是心里太难受。

突然有一天，家里来了一个老婆婆，坐在板凳上闲扯了很久，吃午饭的时候还不走。妈妈急了，家里又没什么好菜。老婆婆讲了实话。一大队陈宝发，看中了良霞，想娶她回去。

哪里是个宝啊，好吃懒做，偷鸡摸狗。娶过一个四川的，没过上两个月，活活被他气跑了。

良霞是要死的人哪！妈妈的脑子里兴许想到了光棍的邋遢相，声音不免悲凉，夹杂些愤怒，她并不真的觉得良霞快了，可是她本性善良，不想伤人，一时口急，就说了出来。

来人早有话说：他说了，不在乎，良霞这么漂亮，能做一日夫妻就做一日夫妻。做半天夫妻都是他的福气……他愿意替良霞送终。

她们都以为良霞没听到。

病着的人耳朵好，良霞在自己房里好半天才把那光棍跟自己钩上。她记起先前他娶过的四川女的进了那光棍的房，哭哭啼啼地走出来，对着江滩喊那个光棍：找不到舀水的瓢，你家的瓢呢？

老子烧水都是拎起桶往锅里倒，哪里用得着瓢？

他瞧不起那个四川女的，在人前却装得跟大爷似的，一直到四川女的走掉之后，才悔不当初，穷得叮当响，还端着假模三道的大爷气派，现在，他四十了。

良霞只感到有人往她的脸上挠，把她脸上的皮都撕掉了，脸上只剩下血和肉；又仿佛睡着了被人拖起来，往她的脸上扇巴掌，扇得她一时摸不着方向，头晕目眩。什么个世道，一不小心，就被剥落得一点儿不剩。她的身子抖动起来了。

二哥本来在他自己房里，突然冲出来，拎起墙边的锄头就要砸这个老太婆，妈妈一把拽住。他气咻咻地发出一声吼叫：滚！

老婆婆还是小脚，见势站起来走人，她说，我不过是传个话，我是说不该来，不该来，作孽，我都这么大年纪了……

那天夜里，良霞坐在床上，一再回想二哥血红的那双眼睛，发抖的怒吼，他自己过得那么糟心，有人接手这个药罐子，他还像宝一样护。她一再地回想，想到心里麻麻的，脖子和手腕都麻麻的。麻麻的感觉从外往里，不一会儿，把人就裹住了。巴掌大的小窗户外，远远的天上有飘移的云彩和闪烁的星辰。她死盯住偏房外的芦柴草堆，草堆里挤着一条狗，狗身上沾着树叶、粪便和邋遢人的鼻涕。菜园边的栅栏朽了好多地方，鸡鸭们都从空隙里钻进去吃菜，妈妈不会修栅栏，哥哥忙得没空，只在菜园里竖了一个稻草人，给它穿一件透明的旧雨衣，他们不晓得，夜里风大，旧雨衣掀来掀去的，良霞听那声音心里就发怵。现在，她的心反而感觉轻松许多，她的身体紧缩而敞亮，生发出一种无言的力量，让她又惊又喜。

不久后的一天，两个嫂子吃过饭都下地去了，妈妈也背着侄子到地里帮忙，良霞迷迷糊糊正睡着，听到雷声隆隆，她刚坐起来探到窗口一看，豆大的雨点就砸下来。

小侄女的摇床就放在门口，本来是想给她凉快凉快，雷声把她惊醒了，雨点让她的小眼睛睁不开，急得哇哇大哭。良霞一急，掀开被子就下了床。拖回侄女的摇床，望到门前还晒着棉花。棉花淋雨就变黑，一级变三级，三级降五级。还有一家人的衣裳还晒在屋外。她拿只篓子，三把两把将棉花拢进篓子。篓子卡在门外，良霞试了几次还是拖不动，眼看雨点直往棉花上砸，她一阵急火往上攻：蚂蚁尚且搬粮食，我却在这里干瞪眼？

一发狠，篓子被拽动了。

衣裳也都从晾衣绳上扯进屋。

妈妈气喘吁吁赶到门口时，良霞已经回到床上，脸色苍白，浑身发抖。

良霞，摇床是你拖回去的？

嗯。

棉花和衣裳也是你收回去的？

良霞点点头。

没人帮你搭把手？

没人。

谁说我良霞不中用了？妈妈突然两眼放出光来，对着随后进门的大嫂连声说，我回来的时候她已经全收进屋了，一滴雨点也没淋到。

良霞心想，真是会夸大，几滴雨点还是淋到了。

她瞧见妈妈脸上那光持续着。她的光一直被遮挡着，如今却突然地露出来，她的唇角露出了自豪。妈妈高兴，那光变得沉默而明亮。

再过几个月，说不定她就能洗衣做饭了呢，妈妈真敢想，这话都脱口而出了。大嫂也觉得高兴。她说，以后大孩子不用往地里带了，妈妈你还能腾出手帮一把。

是的，是的。妈妈高兴得跟什么似的，连声答应。屋外风声四起，雨点打在空空的芦柴席上，发出啪啪啪的声响，清脆，明亮。

良霞尝试着给他们更多的惊喜。有次她到江边淘米做饭，摔倒在坝下；还有一次，缸里没有水，她提一只桶到江边拎水，勉强拎回小半桶，躺在床上三顿没吃。

有好心的邻居透信给良霞妈妈，良霞这情况是可以领救济的——

一年一百多呢！

这笔钱不是小数目。要是不用写申请，她自己就能偷偷办，可是要打申请，儿子又不在家。这家人几十年没有跟任何人伸过手了。尤其是公开地，让整个江心洲人都见证他们伸手。妈妈晓得良霞自尊心强，费了好大的劲儿，才敢把这意思说给良霞听。

妈妈身上的衣裳，件件大得挂不住肩。她那苦涩的眼睛，佝偻的背，良霞不想瞧也得瞧。什么脸面，什么意义，哪一样有比让妈妈的痛苦少一些重要？就是那一瞬间，她明白有一种看上去了不起的东西其实没那么大不了，那所谓最值钱的并不比此刻妈妈想让她去要的更值钱。

找支笔来。她轻声地告诉妈妈。写的字出乎意料地难看，已经很努力了，誊了两三遍，看上去却还是像小学时候的字。

专心致志的时候，她忘记想那些过去和将来，写完了之后心里头跟腰部一样麻，时钟的嘀嗒声却不那么刺耳了。

救济款没有办下来，妈妈就去了。有天夜里，良霞听到妈妈轻声的呼喊。她扶着墙到了妈妈房间。一拉开灯，瞧到妈妈惨白的面色，良霞愣了好大一会儿，才慢慢蹲到床边，她问：妈，你怎么啦？

妈妈咧了咧嘴，聚了聚气，才小声地说：妈妈不中了。

良霞没有听懂的样子。这么久了，家里正式等着的都是自己的死讯，她经常会想到妈妈伏在自己身上哭泣的模样，从来也没把"死"摁到妈妈头上。那天夜里，外头的风又大，她脑子一时转不过来，只是怔怔地望着妈妈。妈妈接着说：以前我不放心你，现在我晓得你能管好自己了。说完又是顿了半天，才接着说完了下半句：现在我不放心你爸了。

她把手伸出来，想摸摸女儿的脸，手没到良霞脸上就耷拉下去了。

江心洲实行火葬了，妈妈被抬过江装上一辆拖拉机，突突突开到火葬场。回来的时候，哥哥手里捧着只坛子。

后来良霞一直在回想，也没想明白妈妈哪天开始病的，没见她哼哼，也没见她歇过半天。她只是猜测，妈妈喂她吃药的时候，自己的胃正疼着；妈妈帮她擦身子的时候，自己的胸口难受着；妈妈为她煎一个鸡蛋，盯着女儿吃进去才转身，她自己正需要营养。她年纪并不老，可是已经不顾及自身了，开春也好，严冬也罢，她总是有许多事要忙，除此之外，就是陪伴女儿，她守在床边，好似仆人，让她的女儿，即使奄奄一息，仍然像个公主。

妈妈烧成灰的那天晚上，她进了妈妈的房间。没有开灯。江心洲早通电了，可妈妈舍不得用。她的床头有一盒火柴，良霞在黑暗里划起了一根火柴，一点火花照耀着她的胸口，她把光亮拢在手心，火光穿透指缝，照亮了她的手背。

头七过后，大嫂帮着良霞收拾东西，床铺上，旧桌子底下，扫不出半点灰，旧报纸码得整整齐齐的。大嫂当时夸她说，你生着病，居然拾掇得这么清爽，其实往后家里有这一半干净就行了。这看似无心的话，良霞听出了两层意思：一层是肯定，一层是收留。想到往后还有地方收拾，她感到了自己的运气。

这以后她但凡有点儿力气，就惦记着针头线脑的位置。有天想把鸡笼清理干净些，掏到一半，她没力气了，蹲在地上，她感觉到自己像棉花一样柔软的臂膀，鼻子发酸，把脸埋到胸口，轻轻地抽泣几声，哭比笑更费力气，她忍住了。要生蛋的鸡观望了半天终于等不及了，从她胳膊上扒拉过去，坐进窝里生蛋。

家里没人时，她倚靠在床上，身子微微探出来，床边放着把锄和刀，她会用一下午的时间，把它们擦得亮铮铮的，她喜欢这种清爽。只要想着他人会欢喜，她就有了些干劲儿。

5

两个哥哥都想搬出这老屋，可结果还是二哥得了机会，七大队有一户人家到上海开理发店去了。这户人家立志不回来，坝上两间旧屋，连地皮和菜园子作价五千就卖。二哥二话不说，跑到村主任家里，请他做中间人，准他一个月，然后东挪西借，在规定时间内把钱送到人家手里，从家里搬出去了。

搬家那天，乱糟糟的。承明只搬走了自己房里的东西，大哥提醒他屋檐下几棵树能带走打几样家具，二哥没接话，妈妈房间里两只旧箱子，大哥搬出来递给二哥，二哥瞧了瞧，摇了摇头。碗筷总要带几只吧？大哥急了。

二嫂正想接茬，二哥瓮声瓮气地顶回去一句：我自己买。

你哪里还有钱，良霞心里也急，这几千块还不知道怎么筹到的。

妈妈床上一盖一垫两床被子，大嫂让二哥带一床走。

给良霞盖。二哥声音粗声大气的。

这么正式地听到自己的名字，良霞愣了愣，装着没听见，把脸别过去。

没过两天,二哥突然回来了。送过来一只砖头大的录音机,还有几盒流行磁带。听厌了你就开收音机,二哥边说边教她怎么在收音机和录音机之间切换。自始至终,他弯着腰专注地摆弄着这个机器,并不与妹妹的目光交会。结婚之后,他就几乎不与妹妹说话,妈妈在的时候,猜测说承明娶了这么个老婆,害得全家不宁,妹妹不宁,他是觉得对不住人,又自卑。直到要走了,承明抬起黝黑的脸庞,他的眼光落在她的身上马上又转开,他的眼睛忧郁而深沉,与几年前判若两人。她一下子明白他不敢看自己,她跟当年也完全不是一个人了。

这个收录机帮了她大忙,感到自己动弹不得时,收录机是通往外界唯一的门。她需要一些韵律、节奏和远方的传奇来驱赶或埋葬某些固定住的时刻、出其不意的疼痛,帮助她建立某种信任,或者验证某种怀疑。收音机成了她的朋友。她坐在床头桌前,侧着耳,听。

搬家搬出了机会,卖房子的那户人家需要帮手,二哥立刻拍拍屁股也去了上海,干起了理发行当,把二嫂一个人留在家里,让她吵架时找不到对手,也找不到听众。

大哥的日子也明显好过起来,他跟大奎等八个人合伙买了一条打沙船,月月能分红。他给老婆买了一条金灿灿的链子套在脖子上。大嫂也是实在人,她到小姑房里扫地,腰一弯,那条链子露出来,晃悠晃悠。她咧开嘴笑,喜人的。天一热,他们买了电风扇、彩色电视机。大嫂喊冬天洗衣裳手冷,大哥又拖回来一台洗衣机。良霞装着不知道花了好几千，她不点破，为了省电，自己的衣裳还是用手搓。大哥身板壮了一些，胸膛挺得高了些，说话的口气也跟往年不大同，底气足，有劲道。

大家都以为他要盖楼房了，结果大哥自有打算。他不在江心洲盖房，他要到县里买房。他叫儿子好好念书。儿子小声地顶了一句嘴，良霞听到大哥幽默地对他儿子说：嗯，你说得有理，要不，就依你？

口气挺和气，却自有威严，没有半点儿回旋的余地。那小子晓得这关过不了，老老实实到镇上念初中去了。

大哥家那个超生的小姑娘叫若曦，一天比一天漂亮，她的眼睛黑白分明，睫毛又密又长，她的鼻子秀挺，皮肤雪白，她一张口，稚嫩的嗓音带着微微的娇嗔，既天真又傲慢。人人见到她，都想过来亲她一口，都想着给点儿饼干什么的讨好她。美是有无限的力量的。大人们抚摸她的脸蛋，拿最温柔的眼神瞅着她，赞叹不已，甚至有许多经过的陌生人，不由自主地，停下脚步，看着她，深深地看着她。

跟她差不多大正处在调皮阶段的男孩子也一样，一见到她，都显得比大人还矜持，这样的事不是一回两回，差不多个个如此。门前下过一场雨，有个地方有些泥泞，那孩子想出门玩，却又舍不得她的鞋被弄脏，她站在那里，比画了一下，就有个孩子扑踏踏奔过来，不管自己的小腿也跨不过那个坑，抱着她趔趔趄趄地走。

良霞目睹了美的号召力，她第一次对于容貌上的美有了新鲜的体验。她甚至自己也在心里奔了过去，搂住那个小仙女，不让她沾到一点点的污泥。

这个待遇和她的童年何其相似。

到现在还没有人对她的要求置之不理。那孩子一天天地明白了自己的美。她的小胸脯自觉地往前挺起来，她把她的所求放在她的脸上、她的眼睛上、她的嘴唇上，她为着某个目的撒娇的时候，自己都感到了一种谜一样的吸引力，并且这吸引力带给她许多幻想。有人的时候，她总是扑闪着她的大眼睛，等待怜爱，仿佛想不断地、不断地因为这美而得到更多。

有一天，这漂亮孩子走到她床边，想让姑姑帮她拧开可乐瓶子的瓶盖。

谁给的？她问。

他们。

她说话的时候并没有在思考，她是心不在焉的，良霞一接触到她的眼神，就知道她真没记住是谁给的。对她来说，谁给不重要，到手的就是自己的。良霞突然感觉到一种难堪。她接过可乐瓶子，并不急着拧开瓶盖，却只是对着瓶口闻了一闻，然后小声地对小姑娘说：这瓶里的水有毒。

那孩子疑惑地看着她，过了半天，突然害怕了似的，哇的一声哭着跑开了。

这之后她们开始交恶。良霞不许小姑娘吃任何旁人给的，就连赞美的话，她也会趁其不备地将它夺走：他们统统在骗人。

这个时候，孩子是抗拒的，她不只是抗拒，简直是惊慌了。她本来心情甚好的，到了姑姑这里，都被排挤，甚至是被蛮力驱赶掉。

她毫不掩饰自己的不满，颠颠地跑开了。

那孩子，不是一般的聪明，深深晓得自己有别人没有的。但她以为这就是永远的，谁都夺不走的，可是有一天，她要是晓得自己错了，可有多难熬？瞧着那孩子躲避她的目光，一种微妙的近乎羞耻和惶恐不安的恐惧压倒了良霞。这恐惧跟以往不同，她自己都摸不到门道，更说不出口。

夏天的时候，她妈妈开始每天早上煮一只鸡蛋给她增加营养。可她挑剔，只肯吃蛋白，蛋黄闻也不闻。遇到这种时候，她妈妈总是哄几下，可是小姑娘已经深深懂得自己的魅力了，她会抬起那楚楚可怜的眼睛，微微地扬起尖尖的小下巴，微微张开小嘴，轻轻地哼一声，她的妈妈立刻就会败下阵来：好吧好吧，那明天一定要吃。

终于有天早上，帮她剥蛋壳的是良霞。吃完蛋白之后，小姑娘的嘴不肯动了，可良霞没有歇手的意思，继续往她嘴边递。那个孩子凭着往日的经验，抿住嘴，在姑姑的手想强行塞的时候，她先是抗拒地把头扭转到一旁，然后一步步地往门外退，试图逃跑。

良霞一转身堵在了门口，以平常从没有过的严厉口吻命令小姑娘：吃。

求饶不能求饶，叫喊不能叫喊，那孩子左顾右盼，门口一个救兵也没有，她只好张开嘴，接过姑姑掰开的鸡蛋，嚼也不嚼，全部吞进了喉咙，委屈的泪水顺着粉嫩的面颊大颗大颗往下滴。良霞几乎也被打动了，她终究板着脸，一句话也没说。

良霞看着小姑娘嘴里一点儿也不剩下了，才让过身子。

这件事，直接影响了她跟大嫂的感情。她不知道小姑娘怎么到妈妈跟前哭诉，最有可能她是一个字都没有说，她可能只是掉了几滴眼泪，大人的心就碎了。大嫂也不来问原委，原委也显得不重要，她只是交代良霞，以后不要让她哭啊！

大侄子到县里念书那几年，风平浪静。大嫂把地转给别人种，别人代缴农业税。她自己，带着女儿三天两头到县里看儿子。手里牵着天仙一样的姑娘，时不时就有人侧目，甚至有人问她们是不是母女。世态炎凉，她的自尊心受了好几回伤，不知不觉学会了打扮。最碍事的是那口牙，女儿在手上牵着的时候，她尽量不笑，可是哪里忍得住，总有人上来夸那小天仙，她笑着笑着就不好意思，就抿住嘴。

好日子也不是没有惊险的。良霞又犯了几回，有一回是从椅子上跌下来，倒地时，她拉住了椅子背，椅子被扳倒，是那种老柳树打下的结实椅子，椅子砸破了她的额头。那天家里，只有她自己。那时搞全民医疗，不远处有一户的房子，改成医疗室，她捂着额头去了医疗室，坐在一群拄着拐杖和一口等不得一口咳嗽的老年人中，她包扎了额头，慢慢往回走。那些老年人，她个个都认识，其中有些人，说过大话，一定要娶她过门做儿媳妇，其中有一个，嘴角全是疱疹，口水沾在胡子里，可是他的目光掠过她裹了纱布的额头，还是那么不忍看。

头上的痂才结，紧接着又犯了一回，上门的赤脚医生说起了大话，他说熬不过今晚，让家里人守她最后一夜。她听见了，赌着气似的，身子紧紧地贴着床板，全神贯注地有节奏地呼吸，一声又一声。你不是更软弱，而是更坚强。她目睹时光从窗口经过，使窗帘的格子图案一点点清晰起来。医生睡眼惺忪地过来看她，惊喜地咦了一声，她碰到对方的目光，顿时有一种胜利的自豪。

不过，即使脸色苍白，疼得豆大的汗珠子往下滴，她也不像别人那样哼哼唧唧，她不唉声叹气，也不做出痛不欲生的样子来折磨人。有次脸肿得变了形，正好大哥的船回来了，大哥瞧她憔悴得厉害，担心大嫂虐待她，不给她治，不停地问长问短。良霞一声也不吭，既不替大嫂说好话，也不详细说明自己身体内的动静。

时间和思考改变了她的性情或想法，甚至她的记忆，就像浩瀚的大江主宰了小木船的命运。她体会到一种肉眼看不到的东西。那能被言语分解的事情到头来就不是事情，那能够哭出来的也不是真正的痛苦。真正的痛苦是长久的忍受，而长久的忍受对抗着真正的痛苦。它们在暗地里较劲儿。

大嫂还在那里申辩，说是良霞自己的主意。大哥不听，背良霞到镇上打吊针。趁着良霞睡着了，大哥站在诊所门口跟大嫂说话。他说，行船路上有个镇子上，有位六十多岁的孤老太太，一个人在家，有年捡了条狗回来养。哪想到这狗不省事，一窝生了四条小狗。她一个人养着五条狗，东家讨，西家要，硬是养活了这五条狗。这些狗不管她到哪里，都不离左右，前呼后拥，遇到可疑的人或不对劲儿的事，它们一拥而上，叫得整个镇上人心惶惶，久而久之，没人敢欺她年老体弱。镇边上有十里江滩，芦笋老是有人偷，越长越秃，都快成沙地了，因为这些狗凶悍、能干，它们的主人得到重任，被领导看中，让她看守十里江滩上的芦笋。这些狗不负重托，芦柴越长越茂盛，去年还有人到那里拍电视，这老太太现在月月拿工资，越活越威风。

大嫂叹口气说：这些狗，比人还能干，给人长脸。

大哥说：人家有善心养狗，才有好运。我们不能连个亲妹妹都不养。

大嫂一贯讲道理。她扑哧一笑，你还真误解了我，我拿良霞当亲妹妹的。

不是，大哥说，老二两口子不容易，本来他们也应该……

我不计较，大嫂说，你心里有数就行了。

紧接着出了一次意外事故，刮八级大风，偏屋旁边的一棵大树被刮倒，砸穿了良霞的屋顶。断了的檩木落在良霞的床上，若不是她缩着身子睡，脚踝怕是砸碎了。

良霞搬回到自己十年前住的北屋。北屋不是当初的样子，堆满了杂物，板车、旧自行车、录音机，甚至大嫂当年像宝一样护着的缝纫机也积满了灰土。里头放着的床是大哥淘汰下来的高低床，他们自己垫上了席梦思。梳妆台也搬了来，里头放着一只手表，爸爸留给大哥的，现在，表面模模糊糊，表针早就不动了。

江心洲那块任芦柴胡乱生长的江滩最近似乎大有可为了。有一大片被整平，堆满了从江西运来的木材，渐渐地成了一个开放的木材交易市场；江滩的另外半片，成了一个造船厂的作业现场，江心洲的船主的船也有好几艘是直接从这个船厂造出来的。有买卖的地方就有外人，操着江西口音的木材贩子，镇上的无业青年，甚至那些有些体面的城里人也渐渐嗅到了江心洲江滩上的商机。经过良霞门口的人慢慢多了起来。

有一天，她坐到门口晒太阳。一个男人从屋边的路上停住脚步，走到她跟前，盯着她的脸，突然喊了她一声：良霞！

她一抬头。她认出了他。他们曾经在县城见过，他也是国营棉纺厂机修工。跟许多陌生人一样，他对她痴情得很，为她魂不守舍，她没正眼瞧过他。无声地拒绝他。他的情书，被她扔在江里，除了第一封看过，其余的拆都没有拆开。那个时期的回忆被掀起来了：她记起走过县城水泥路时更多的人那些巴巴的目光，那轻俏的口哨，嘴里发出的啧啧赞叹，有些人很流氓，有些人很温婉。她基本上都没正视过，的确没有。

她稳了稳，装着没听见，慢慢回到屋里，坐了下来，浑身战栗。她拿起包扎头的头巾，系到头上，仔细扎好，把露在额头的几根碎发塞进去，她需要拿起镜子，看看自己苍白无血的脸，来稳定自己的情绪。午后的太阳穿过树冠的间隙，把碎了的光洒到地上，影影绰绰。

她重新走回到门口，那个人还站在那里，眼睛定定地盯住她，她身后的房子。他如此不掩饰地端详着她的生活，眼珠子转个不停，连锅端似的。

她请他坐下来，问他怎么会到这里来。

他到江滩的造船厂推销一些材料。他早就下岗了。他比她更震惊。他一直说想不到在这里遇到她。他不提她被毁的容貌，她也不提他们共同认识的一个人。过了几分钟，她想起来要倒杯水招待他。她烧好水，倒进茶杯，端出来的时候，他便开口告辞。他得趁管事的今天在，把事情谈妥了。

没办法。他拍拍手上提的黑色的皮革包。我们这一行，就是专门见缝插针找人的。

他的公文包里放着他的辛苦和希望。他让她瞧一眼，又确定她瞧不出什么名堂。

一阵风吹动着晾晒的被单，被单上的碎花，一时花了她的眼。

回来的时候，天已经快黑了。他可能没能谈成什么业务。脸色灰暗，夕阳的余光映照在他的皮肤上，使他比下午更老一些，满身疲倦。

不知何故，他还是勉强自己站在门口聊了几句。

今天碰到你，真像做梦一样。

哦。这抒情的调子多么陌生而新鲜啊，使她不知应做何态，只是低下了头。

我差点儿为你死掉。十年了，我都还记得自己的蠢样子。可惜你瞧都不瞧我，说不定，你到现在还没想起我的名字。

他说的是对的。她的确不记得他的名字，但她相信他的话。

我当时不懂事。

她不想道歉，但这句是大实话。

他耸了一下肩膀。她看到他腰上挂着一只BP机，但没有留下号码的意思。

他再次看了看她，转过身去，走向回县里的渡口，她望着他藏青色西装，他的后背单薄，走路还有点儿内八字，皮鞋磨损很重，鞋跟靠里一侧明显比外头的要矮。他没有回头，匆匆忙忙，赶着路。

她并不清楚他的意思，同情、怨恨、嘲弄还是惋惜？他也并不明白她的真正处境，他没有给她更多的机会说出她的处境，以及这处境所带来的变化，无论如何，这对他实在太无关紧要了。

他扬起的灰尘平息下来。她挣扎着整理晒干的红辣椒，清扫灰尘和落叶。

6

进了城的二哥每年回江心洲两趟。每趟都来大哥家坐一坐，每趟回来都说为了离婚。一开始是一种意志，后来成了习惯。他的妻子，一开始抗拒着离婚的要求，过了几年，渐渐死了心，等到她明白强扭的瓜不甜时，十多年的光阴已经没有了。她按捺住某种愿望，把心思放到粮食和蔬菜上。她一个人种两个人的地，空了就去镇上打短工。一个人吃饱了全家不饿，独自生活反而使她精神了，她在别人眼里漂亮了，温柔了，人缘好了。

这一年，二哥照例回家，跟她提了离婚。她点头同意了。

二嫂说，这些年也苦了你。

那不是真心话，她有这种境界，也算不错。他象征性地客气了一下，他说不苦，苦的是你。

她说，时代造成的悲剧。

这话使二哥感到惊奇了，她有这样的觉悟真是很难得，他在外面见了世面，她在江心洲居然也看出了门道。

他们友好地商讨着财产的分配。她说她可以回娘家。他说你现在回去，哥哥嫂子不嫌你吗？反正我不回来，房子给你，又不值什么钱。

她说，你没有房子，没有儿女，往后你老了到哪里去呢？

没有房子是事实，没有儿女也是事实。她专拣事实跟他讲道理。男人在外头除了这两样还有许多事可干、许多乐子可寻，她都装着不知道。

这个失意女人的脸在江心洲的强烈光照下，显得粗糙，皱纹和斑点很多，但是多年没有吵架，她显得温和、明理和宁静，她的肩背很结实，个头矮小，有一种经历了大风浪后的开阔和从容。那一瞬间承明想离她近一点，他想把手搭到她的肩上，被她让开了。说好吃过中饭一起去乡里办离婚，整个上午，承明无所事事地坐在板凳上，照耀着他老婆的阳光也照射在他的手背上，他局促不安，仿佛一颗定了中午要爆炸的炸弹在他脚边。从来没有过这样的感受，至少在这个地方，这种感觉是新鲜的，他并不指望这个地方让他感到舒服，但他现在发现他不能失去。

照理说，他还没到为年老之后忧虑的年纪。再说，他离乡多年，目标是开一家自己的理发店，做一个有资产的老板，衣锦还乡与否他并不介意。他也不太顾影自怜，跟父亲那代人不一样，他们这一代人，梦想浪迹天涯多过安贫乐道。但是，这个与他势不两立的女人，这个他从没有在意过的女人，却用一只没有挂诱饵的生着锈的钩子，使他被困在原地。像做了一场梦，或是像刚从一场梦里醒来，他变得忧虑而伤感。

莫名其妙地，他心情坏起来。不知何故，他踩着饭点到了大哥家。那天中午兄弟俩喝了不少酒。在儿女双全的大哥家，他坚定的信念显得变幻不定，感觉到自己在某些地方错了。

大哥也算是小有成就的人了，大嫂的龅牙还那么突出，好像大哥也不嫌嘛。良霞坐在椅上，背后垫着枕头，不用说，腰一直疼，她整个人越长越矮似的，可脸色那么平静，没有一丁点儿躁气和怨气。听二哥说下午去办离婚，也没表态，只是静静地坐着。

承明瞧这家人嘻嘻哈哈七嘴八舌，感觉自己像是要被家庭幸福淹没了，他一激动，开始趁着酒劲儿说话。他透露自己攒的钱的数量，他结交过的女人，没有一个不是年轻貌美，其中有一个还是混血儿。他的本意是炫耀一下自己见过世面，可是他的总结坏了自己的心情：在城里，人就跟蚂蚁一样。

大哥听出他在找依靠，把手从桌子那头伸过来拍他的肩膀：离婚之后没地方住就来我家。

什么话，什么话？承明一听，呜呜哭起来，他把头垂到桌子底下，只露出头发在那里颤抖，不一会儿，喝进的酒、吃进的菜全都吐了出来，大哥把他扶到里屋，睡到天黑才醒过来。

他没有想好，假期就结束了。他继续到城里打工。他老婆则开始门前屋后随时随地呕吐。他再次回来的时候，第一眼是瞧见女儿若云在她妈妈怀里吃奶时跷出来的可爱的小指头。

现在，他心甘情愿做个回头的浪子，没费力气，她却占了上风。

这些从外面回来的人，这些把"外面"带回江心洲的人，这些和江心洲好好相处的人，让良霞感到了新鲜。就说二哥吧，每年回来的样子都是不同的，第二年他的头发是黄金色，第三年是条纹，到了第四年，二哥的后脑勺剃光了，只有头顶一束高高地立起，使他又高大又帅气。他，和跟他们一样的人们，把丰富多彩的衣服、发型、家用电器和闻所未闻的观念带回来。

和美、新鲜与富足感染了病人。病人在电视上瞧到一个新闻，说的是一个人三年工夫绣了一幅"祖国河山"的十字绣，卖出了八百元。做做针线活就能赚钱？良霞让大嫂买了些针线回来，开始学着绣十字绣。她一边绣，一边听收音机，里面播些流行歌曲、小说连播和广告。一开始，她敌不过疲倦，动两针就得歇息两分钟，而且她绣的鸟不怎么像鸟，绣的花不怎么像花，过了大半年，她绣的房子像了，娃娃也像了，再后来，有人说她绣的猫眼比真猫神，牡丹看着就有香气。这个过程差不多有三个年头。良霞心里是高兴的，觉得找到了用处。她偶尔到大坝上走几步。长江的水位，在妈妈死的那年比较凶险，快到坝沿上了，水退了之后，坝下栽的树全部烂了，那些枯死的树，一根根地杵在原地。它的主人们忙着挣钱，没有心思管它们。挣钱的门道越来越多。三十岁上下的年轻人，没有几个在家了。

她偶尔也会到地里去，她会采些当季的花，栀子花、金银花、月季和三色堇，都是早年种下，后来自己胡乱长大的。打碗花败得最快，也不香，但是漫山遍野地开，好看得不行，突然之间好像就没有了，绝种了，再也见不着了。实在图新鲜，她也会掐一把油菜花，插在玻璃瓶里。到了冬天，路边的小拇指大的紫兰花也会拔回家，装饰她朴素的屋子。

　　大江的水位倒是越来越低，江滩上的那个传说中的造船厂，良霞一直不知道规模。造船厂靠近西头，大坝拦住了她的视线。幸好装了自来水，扁担不那么经常被派上用场，何况，男人们都不在家。

　　现如今，她坐在门口的带靠背的椅子上。一张瘦削的脸，一头稀疏的短发，长不长的。她身前放着一张小台子，她疲倦，可是泰然自若，疼啊睡不着啊，也不说出来。她一天只能绣个把钟头，那个把钟头她就不像个病人，手指灵巧，进入了忘我的境界。陪伴她的，是缓慢踱步的鸡。她养的鸡，也不似人家的那般急躁、好斗。还有一只猫，也是她的。瘦，黄毛，睡在她的脚边，很安静。到了冬天，她只能卧在床上，她的绣活和她一起把床挤得满满的。那只猫，看到她倚靠在床头，手里的针不动，就会悄无声息地溜下去。她觉得好点儿了，就会出来找它，它会猛地蹿到她怀里，乖巧地拱拱背，它用一只猫的方式让她相信它对她的需要。

　　就这么继续下去，家人如此和睦，兜了一大圈，最终像泥一样和在一起。良霞觉得，就算自己死了，也算是了无遗憾。

可是大哥好上了赌。

跟江心洲有点儿本事的男人一样，大哥先是迷上了出门，到江西去，往上海跑，把船泊在码头到色彩斑斓的地方找酒喝。别人买了BP机，他的腰上也挂着一只，他嚷着要买一只大哥大，后来感觉这东西在城里不时兴了才把目标对准了全球通手机。带着热忱的自信，他结交的都是江心洲最先富起来的一帮人。他的派头滋润着老婆孩子，他自然不亏待他们，每趟回来都拎只塑料袋，里面装着苹果香蕉和柚子等。

喝花酒出了一次事后，他学会了斗地主。父亲在世的时候，是不许的，现在他从尝试中感受到快乐。先是赢了一点儿钱，也打发了许多无聊的夜晚，输点儿钱不碍事，男人之间总得有个话题，有些消遣和应酬。他聊以自慰。

大嫂还在饶有兴致地向城里人学时髦的时候，危机早就潜伏进她的家里。有趟丈夫回来，她催他给儿子交学费，她要一千，他只给了五百。下趟，他的船回来，她看到丈夫从船舱里出来的时候，空着手，身子矮了一大截，他摇晃着往坝上走，她迎过去，心里很慌张，想他是不是得什么病了。现在的人，得病比往年容易，忽然之间，这个得了胃癌，那个得了肺癌。她紧张地追问，可是他不正眼瞧她，往床上一扑，倒头就睡，醒来的时候，胡子拉碴，神情呆滞。她还是在镇上听到了丈夫在外头的遭遇：他跟人赌，输掉了船上所有的股份，而且，还有一张好几万元的借据。

听别人的故事，眉毛挑起来，怕故事不够惊险，听自家人的故事，听到一半腿脚就软了，她最本能的反应像她弟媳妇年轻时一样，拼命尖叫；跟弟媳妇不一样，她不要什么爱情，只要她昨天的生活：走在镇子上，许多人喊她老板娘，她不要一夜之间一无所有。她哭着要上吊。大哥不反击，大嫂扑上去挠他。大哥的脸上、背上都血迹斑斑，她原本温良，这些行为跟她不符。

闹得凶了，逼得做了亏心事的人也反抗了。他说：老子这么多年待你怎么样？你得理不饶人了？

你待老娘好，还不是想让老娘为你做牛做马。

地都没了，做什么牛马？

地都没了，你那药罐子妹妹不还在？

他想列举她牺牲的地盘小，她想揪出他犯错的地方多。她说，如果不是她，我们早搬到城里去了，你不肯挪窝，还不是因为你妹妹？要是早到城里去了，现在至少还保住了一套房子。再怎么也比现在这个样子强。

她的声音时尖时粗，根本不顾老房子不隔音。他急了，一巴掌扇过去。她结婚十几年，头一回被打，还是在丈夫理亏之后，她鼻子嘴巴都往外冒血，嚷着要跳江。

他甩门而去，不知道去了哪里。

天一直没有亮。良霞的身子从床上探起来。一切声响她都要警惕，在黑暗里，她是个合格的守卫，看护到天明。

大嫂三天没起床。良霞让侄女穿戴整齐去上学。她端着饭坐到大嫂床前，她说：世道变了，男人有了钱就学坏，不是赌就是嫖，没人能除外，好在大哥才四十，他还能翻身。只要他肯回家，这个家就还是你的。他见过世面的眼睛还在，他身子还健康，他脑子还好使，最重要的，他还是有良心的。有些人你就得接受他犯错误，你才有机会跟他们平起平坐。至少这个家还在他的心上。

大嫂听得越发伤悲，从哽咽到号啕，眼泪哗哗地。良霞等她哭停才回一句：人活一世，谁不要过些深沟深坎！

大嫂平静下来抬头看着良霞的眼睛，发觉她的眼神波澜不惊，像昨天一样亲切安稳，她长得跟哥哥还是很像的，更瘦、更苍白、更无力而已。她分析得理又有余地。小姑子的眼神给了她重新面对的勇气，她接过碗，喝了一碗稀饭。她不嚷着要离婚了。这些不现实的事放到一边，紧要之事把地要回来种。

你想怎么办都中。我支持你。

大嫂抬起肿胀的眼睛，她说：良霞，你虽然病着，这个家你最稳当，十几年不变脸，十几年不伤人，十几年还这么稳当。将来有我吃的就有你的，有我在，就不让你死。

这也是十几年来，姑嫂俩第一次敞开心扉，心心相印。她俩都掉了眼泪，感觉到亲情在她们之间流淌，连接她们面对这心如刀割的处境。

之后，姑嫂俩同心协力，共同计划着春季种什么，秋季种什么，怎么花能省下些孩子的学费。那个在城里的孩子，最好不要让他知道家里的变故。说不定能考上好高中、好大学，不会再犯他父亲和江心洲男人通常犯下的错。

良霞虽不能下地，但她变成了好参谋。大嫂像攫救命稻草一样攫牢她，须臾不能离开她的视线。良霞因此而没有工夫考虑自己。不去想自己佝偻的身体，不去看长满了斑点的手背，不再念她的洁癖，洁癖在这里是可耻的。事实证明，可以克服。她意识到，忘掉自己，生活反而显得可靠、有希望。

邻居们竟然无法想象她竟然有如此大的能量，比她身体好的人都没她这大的热情，有心的人听到婉转又柔和的声音在劝大嫂：没有关系，天又没有塌下来。

对别人来说，劳动是一种奉献，对良霞来说，劳动是一种占有。占有厨房，占有清晨，占有节气，占有天，占有她脚下踩过的每一块土地。

现在，她不再是任何人的掌上明珠，不再有人因为她而死，不再有人为她跪地磕头，这些她都觉得好，疼痛除外。现在，她是个有用的人，她和大嫂相互依偎。她们不再指望那个赌到穷途末路的人这么快回家。怕他带回一身债务和艾滋病——吃喝嫖赌的人最容易得这种病——听说另外一个大队的跑买卖的男人就得了这个病，家里人全部逃走了，他一个人窝在屋里子，没人敢靠近那间屋子。

很庆幸要债的没有找她们麻烦。

第二年江水又拼命往上涨。坝子外围种的庄稼全部被淹死了。水退了之后，大嫂去清理淤泥，想在立秋之前种上一些玉米。良霞拖着身子也去了。什么事情都是这样，你还别信，一旦有心奉献，就能凭空生出力气。大嫂弯腰下来，用手扯掉上游漂过来的杂物，良霞不能弯腰，她蹲下来。她们渴望太阳更辣一些，泥巴变硬之后，陷进去的脚能尽快拔出来。整整一天过后，她们全都动不了了。良霞的双手陷入泥潭里，她抚摸着柔软的淤泥，一下子想到年轻时她收到的一条丝绸围巾。到后来，她什么都想不了了，几乎失去了意识。大嫂没让她早点儿回去休息。希望、幻想外加体恤，这些微妙的情感，经过这几年超出常规的辛劳，从大嫂身上消失了。现在，大嫂的怨恨像井一样深、一样黑，有时都使人产生一种错觉，感觉到她是一根太阳底下的炮仗，轻轻一碰，就能点燃，使之爆炸，燃放。

良霞不去招惹她，有些事情就自己拿主意。地势低的地方种耐潮的花生，而离水源远的地方种黄豆。端午那天良霞没有跟她下地，她裹了二斤粽子。到了过年也是她主事，她会自己在红纸上写毛笔字，贴在大门上。她变得正确、细致，而且不受人批判和质疑。

有时累过头了，晚上倒在床上，良霞记得自己没有洗脸、没有洗脚。四周模糊一团，没有光，为了省电，灯全部熄了，天上的月亮也不如往年的皎洁。她换着方式睡，侧着，仰面躺着，或者趴着。菜园边的花早就枯成一团团，像受了重伤的士兵一样全部贴着栅栏坍塌下来。母亲死后，这些花草不再有人修剪，体力活对这个家庭来说，越少越好。菜园的地也不怎么平整，积了雨水的低凹处，有些蛤蟆在里头扑腾。来自江面上的风刮到坝上，柳树随风起舞。雨点落了下来，滴滴答答，打在屋顶上，时断时续的。她就这样整夜睡不着，但她能照料自己——对此她颇感欣慰——尽量不给比她更累的人造成负担。屋外有只疲劳的呼唤着的猫，忧伤却不愿停歇。

良霞独处的时间越来越少，手心朝上的现象消失了，不再觉得自己讨嫌，即使她仍然干不了什么重活。她跪在江边的石板上，喘着气把衣裳送进水里，摆动数下，过掉肥皂水，拎上来的时候因为浸满了水而更加沉重，她需要憋足劲儿，这使她看上去很不雅，面部扭曲，那些看见的人，难免会替她心酸，然而她打心眼里愿意。良霞觉得某些被夺走的东西被她捞回来了。

她的猫也受赌徒的连累，有上顿没下顿，大嫂也不再过问，它瘦下来，但是学会了到邻居家蹭东西吃，它喵喵地叫着，那是良霞熟悉的声音，又完全是变了调的声音。如果它吃饱了，它会回来。良霞翻来覆去，她的腰疼。有时它侧目瞧着良霞，静静地站了许久，一点儿声息都没有。心里没有同情，怎么能做到这么隐忍？有时它宁可睡在墙根和灶台底下，良霞安静了它才爬过来，什么也不说，就那么蜷曲着。

良霞可怜它，感到它找不到自己的位置，乐于待人好，又没什么好奉献出来。她有时把它揽在怀里，轻轻摩挲它的背，仿佛在安慰它，告诉它，她懂得它的心，懂得它的苦。各有各的苦。苦也要受着。

来年春上，良霞的病又重了，脸和腿都肿得不行。大嫂扶着她到县医院。县医院来了个专家，说能治好。姑嫂俩激动得都发出了声音。他说，先开五千块钱的药，回去吃，吃完再来。

她们身上也就四百多块钱。

两个人捏着这五千块的处方，不约而同往回走，边走边看看手上的纸，像是遗失了这张纸就遗失了五千块似的。

走到一条三岔街口，朝北的就是回江心洲的路。这回，大嫂不走了。良霞把手搭到大嫂肩膀上，既是借点儿力，又是表示亲近：回吧。

我有金项链。

不管用。

说不定管的。

都是骗子，骗钱的。

大嫂端着薄薄的处方，认出几样药材不是稀奇的东西，周边的荒山上就有。回来煮水良霞一碗碗喝，身上的肿还真的消了一些。

过年的时候，大嫂体恤她，给她买了一块丝绸料子布，蚕豆样花色的棉袄。家里这样了，还买衣裳给自己，良霞捧着衣裳不晓得往哪里放。实在没办法，只好坐下来，花一个晚上，把衬衣改了袖长，腰身往里收了一收，第二天早上，侄女上学时，她招招手，帮小姑娘换上。小姑娘一穿上身，就惊奇地笑了，她的感觉是敏锐的，什么到她身上都会美。她舍不得脱了。转来转去，然后要踏出门去，她妈妈边追她边跑，她嘴里说：小姑，你真好，你比我妈妈还要亲。

那孩子身形修长、牙齿雪白、面色发亮，她的声音那么悦耳，沁人心脾，她仓皇的神色也那么动人，使人忍不住生出怜爱之心。她这几年也没受什么苦。有个那样的爸爸，也没妨碍她招人疼爱。她不做事，她妈妈舍不得她。如今她那样的几句话，她妈妈又站住了、屈服了。良霞呢，靠住门框微微笑着。

7

大侄子十八了。两年前他就辍了学，跟了村上的同学到省里学刷油漆，正式上工没多久，突然回来了。回来时裤子松得像个米袋子，裤裆掉到膝盖下头。他躲到小姑房间里抽烟，一会儿，良霞就咳嗽得上气不接下气。大侄子三口两口，把香烟头在地上踩几下，不多久，他站起身对小姑说：我到镇上去办点儿事。

后来良霞听人说大侄子一到镇上就找公用电话。大嫂悄悄推测：怕是跟哪家姑娘搭上了。

大侄子不怎么跟他妈妈说话，对于妈妈的话，他一问三不知。良霞知道他有恨。他好端端地念着书，突然有一天，交不上学费，拖了好一阵子，没钱买学习用品，再后来，连食堂的饭票也没法买。他万般不解，走了四十多公里，回来要钱。结果，责任像折断的树枝一下砸到他的肩上，他留了下来，陪着家里愤恨、体弱和幼小的三个女人。

想跟他搞好关系，不是容易事，而且，良霞不太听得见。像许多听力下降的人一样，她喜欢侧着头，对准声音发出的地方。他瞧见她的样子，有点儿不耐烦，但是不说出来，只是把脸转过来，把没说完的话吞回去，歪着肩膀走掉。似乎江心洲没有他看得顺眼的东西。良霞看着他长大，他小腿上的划伤，他容易打喷嚏的鼻子，他走路时宽松汗衫里的一排排肋骨，他不得不面对的起起伏伏的少年时代，良霞心疼他。

有一天，他走进她的房间。他摸摸搭在缝纫机上的布，把箱子上的锁拨弄几下，想把它拧断。她说：没什么好东西在里头。

他又暗暗使了一下劲儿，她赶紧说，等一下，我来拿钥匙。可他已经失去了兴趣。她有点儿吃不透他的神情，他漫不经心地吹着口哨的时候，没人搞得清他是开心还是更加沮丧。他妈妈感觉到他对姑妈的敌意，悄悄问良霞：他有没有说什么过头的话？

不，他待我跟你们一样好。怕大嫂听不见，良霞大声地回答。

我怕他跟他老子一样，哪一天突然跑掉，到时候，坑蒙拐骗犯了事被人杀了都没人喊我们去收尸。

如此悲观的论调完全来自于生活的突然变故。良霞坚决否定了大嫂：不要瞎说，他晓得自己姓徐！

大侄子回来继续种地，意味着他有担当，跟他爸不一样。也意味着家人必须耐心跟他相处，从他的态度里听出他的愿望和他对生活的计划。小伙子习惯一声不吭，无事的时候，他会坐立不安。撞到母亲幽怨的眼神，他抬起头，望向天空。他离开家去镇上卖棉花，三天没有回来。他妈妈以为他拿着卖棉花的钱走江湖去了——江心洲半大不大的男孩子们的集体野心。但是第四天，他回来了，紧随其后的是他父亲。他真是老了，但是仍然懂得难为情。他把头勾在脖子底下，撞到认识他的熟人，咧开嘴，露出自嘲的笑。

这个四十五岁的男人，有过体面的日子，经历过大起大落，然后挣扎着想站起来，可是如今他显得松弛而自在。除了第一天比较难挨之外，其余的日子，他焕然一新。

你的皮真厚。他的妻子象征性地批评他一句。

但是良霞喜欢大哥这一点。大哥不像他们想象的那样长吁短叹、起早贪黑地苦熬，他不再想改变任何人：儿子的个性或者女儿的成绩。在过去，他总是显得过分贪心，他的心并不真的在这里，现在，他的脸开始发胖，肚子也腆了出来，但显得更亲切。一家人挤在一起，说不上多么舒服，那些发财成功的故事每天在上演，四周一天一个样，但是，他们也没什么特别不舒服，不该犯的错也犯过了，走不通的路都走了一遍，就像从战场回来的人感知活着就是胜利一样，他反而变得从容了。由于他变得随遇而安，凡事不较真，家里的气氛成了二十年来最好的。

团聚的一家人尽释前嫌。日子还是紧，时时刻刻缺钱花，可是笑声多起来。他们的话题总是说不完，因为分开那么久，见过的事情又那么多。良霞被呵护着回到床上。他们都看得出来，她的胳膊不怎么能伸得直，除了五只手指还灵活，还有她的眼睛，越来越看不清眼前的东西。侄子花五块钱帮她买了一副老花镜，使她不至于不能绣她的十字绣。她多么热爱这样的生活啊。热爱她呼吸过的每一口空气，当然她也热爱她记忆里的县城以及大哥嘴里描绘的大城市，那里的街道，摆满鲜花，到了节日，灯笼挂到电线杆上，这是她从来没有真正踏进的人世间，她曾经半只脚跨进去过……她多么用心地倾听——遇到下雨，或者腰疼得厉害的时候，他们说话的声音就像蚊子在哼哼。

为了避免听不清产生的沟通不畅，也为了让这一家人更轻松自在一些，她尽量不在他们在家的时候出来。

她的腿疼，正睡着，侄女喊她吃饭，她答应着从床上爬起来，挪动的时候觉得那么吃力。她坐在床上，心里想着快快走到饭桌前，可是腿上像是压着磨盘石。她感觉到劳累了一天的人都焦虑地瞅着她，无声地帮她加速度。她在心里打定了主意。她说：今天晚上一点儿都不饿。

她立刻接收到担忧的目光一齐聚过来，赶忙补充说：没有不舒服，就是不饿。

第二天晚上，她仍起不了床。开饭了。她听到大嫂交代侄女：去，喊你姑来吃饭。

她在里头答应着，声音脆得发亮：你们先，我赶完这几针。怕他们进来戳穿她，她拿起针，比画着，嘴里朗朗地交代：不要等啊，针线活催不得。

一刻钟后，桌上的菜吃得差不多了，吃饱饭的人供血不足，力气小，懒得说话。她走了出来，边走边扯身上的线头，为如此忙乱不好意思地笑着。

两回，三回。他们开饭前都会象征性地喊喊她，她总是磨磨蹭蹭老半天，很快，他们习惯了她会在他们吃得差不多的时候出来，剩汤喝汤，剩水喝水。专心地吃，面带微笑，从不说话。

到了晚上，她缩回到床上。虽然每天上床前，她都要给自己用玻璃瓶装满水，一只放在脚头，一只放在腰上，被子越来越厚，仍不觉得暖和。这个时候，她反而又能听到些了，她能听到大江的流淌，缓慢、悠长，渐渐陪她进入梦乡。

　　大侄子二十二了，这天家里来了几个人，那个跟大侄子交往了几年的女孩的父母、舅舅和舅妈都来相亲。良霞在厨房里烧火。好不容易酒菜上了桌，帮厨的也走了出去，灶里的火渐渐熄了，她的脸，由火光映照的红晕清白了之后，她听到板凳在水泥地上拖来拖去的、筷子碰到划空的碗发出清脆的声响。她的腰疼，一时直不起来。她慢慢酝酿着气力，客人要走时，她怎么也得出来说句客套话，她毕竟是唯一的姑妈。她盘算着箱子里的两百块钱。真的定下来，这点礼数还是要尽的。

　　她没及起身，大嫂进来了。

　　客人走了？她问。

　　走了。

　　你累着了吧？

　　没。

　　大嫂一屁股坐在引火柴上，她刚想说自己好歹是长辈，要不要尽点儿心，大嫂打断她：算了，都走了。

　　说完她坐下来，说话支支吾吾的，复述着女方的要求：同意在老屋结婚，但是要一整间房，闲杂物都不要，一台彩电，一台冰箱，三金也是要的。彩礼一万八。没要盖楼房，已经是很幸运了。要是提出这条件，八成就会黄，她哪里拿得出盖楼房的钱？听她那口气，她感激那几点要求是识大体的。她被牵着鼻子走，也觉得很合理。良霞听着，渐渐抓住了一点儿意思。她由于体弱，脑门渐渐有了汗，看到大嫂急切的眉心，嘴巴一动一动的。

她赶紧频频点头表示赞同，间或插上一句对方想听的话：是的，是的。人长得不错。长辈又讲理。要求还不高，算是我们徐家运气好。

她还竭力表示全然领会了大嫂的意思，甚至恨不得献计献策，令好事锦上添花。

大嫂的眼神和她碰上后，找到了她要的慈悲同情和理解。大嫂切到正题上了：我们是不好意思跟老二家开口，好在他的女儿才七岁，住到那边，你帮他们照应照应，看家护院、收衣晒谷这些，你哪桩不内行？

说到良霞的内行，她是真心舍不得良霞的，可是亲家的要求是不能不答应的，毕竟，她家能谈条件讨价的资本几乎没有。

你哥哥怕你不愿意挪，我心里没这么想，说通情明事理，这江心洲谁比得过你？

良霞眼神恍惚。她准备附和的嘴半张在那里，空空洞洞的。这一瞬间，就仿佛她被一阵疾驰的风一下子带到了别处，四周没一样东西是熟悉的，她满面茫然。

一棒槌，她被敲回到灶台间。她定了定神，把目光对准大嫂，脸上的血色眼看着就没了。她嘴唇动了动，有点儿前言不搭后语：碗洗好倒开水烫一烫。

她说出来的话声调虚浮。这张平静温和的脸，这张未经世事却又事事操心的脸。

大嫂双眼一闭，不忍心看她，可是把头转过去又显得不近人情。

良霞感觉到她在堤坝的下端，再没有更低的去处了。她的二嫂，心肠不坏，脾气也比往年好了许多，只是她没有足够的思想准备。良霞挟着刮来的冷风往二嫂跟前来，二嫂从椅子上站起来，像是迎接几十里外的亲戚。她说，我来拿，我来拿，她接过良霞手上的袋子。袋子里是良霞这些年的针线活，鞋帮子、泡沫鞋底、十字绣。绣了十多幅，她的岁月，减缓疼痛的方法。没有画框裱起来，只好卷起来，用毛线头扎起来，拎在手上，沉甸甸的。

8

二嫂跟大嫂，十分不一样。良霞初来的几天，她天天买点儿肉，或者鱼，饭菜端到桌子上，筷子先摆好，头几顿还一个劲儿往良霞碗里夹菜，她不太喜欢抒情、说客套话，良霞也不太吭声，姑嫂常常闷头吃饭，空气里只有咀嚼的声音。

早上起来的时候，良霞帮着刷锅、放鸡出笼，力气够用就扫地掸灰，白天她找把椅子放在门边，倚靠着绣着十字绣，到了傍晚，她会收衣服，晚饭后她仔细地抹桌子，她来了之后，桌子明显地光亮了。良霞对若云和对若曦的态度完全不一样，那孩子胆小，个头也不高，怕鸡、怕狗、怕雷电，受到惊吓的时候，良霞把她搂在怀里，用娓娓动听的声音吸引她的注意力，尽量让她胆大些。有一次，她甚至拿根棍子去触摸那条狗，向孩子证明那条狗其实不能把她们怎么着。

二嫂到底悟出来，良霞不是客人，良霞是家人，家里多出一个人，是多么可贵，何况大嫂每月还补贴点菜钱，遇到买药，基本都是两家平摊。二嫂习惯沉默，可这沉默多半是明白自己的话，最初男人不听，后来女儿太小，还听不懂，现在，她振奋起来了，她可以说得更多，良霞是很好的听众。良霞眼睛不好，看不得电视，所以二嫂看电视的时候，遇到惊险刺激的情节，她扭过来复述情节给坐在外头的良霞听，她一开口，良霞就停下手上的针，饶有兴味，从没有打断过。

三个人相处得很好，可是，命运自有安排。徐若云七岁整，和她妈妈一起，被开着美发店的承明接到了上海，交一大笔赞助，上了城里一所小学。一年的赞助费相当于江心洲两间房的价钱。不知道出于什么原因，承明这样形容给良霞听。良霞没他想象的那么闭塞，样样东西贵，样样东西新，她懂，她甚至不需要问为什么。家家如此，户户这般。

原本作为江心洲人发财致富的江滩一日一日冷清下来，木材市场散了，造船厂也停了工，说到底，再大的船也赶不上高铁的速度。人们花在路上的时间和耐心都没有了。江心洲好几条千吨大船没有卖掉，成了野猫野狗的栖息地。眨眼之间，房子里不拥挤了，岂止是不拥挤，简直太空旷了。跟良霞差不多大年纪的，比大嫂再大些的，跟二哥一起玩大的，跟大侄子一个岁数的，或是更小一些的，全都离开了江心洲，他们进入各行各业，各显身手，各展宏图。就连六十左右的也都吃香，到城里帮儿女看孩子，到城里去看大门，到城里去卖水果，各有各的活法，留在家里的，尽是些太老的，或是太小的，再就是像良霞这样，病得动弹不得的。

大哥大嫂是最后一批出去的。不晓得从哪天起，江心洲人见面，不再问吃了没，而是问在哪里发财。有人问大哥，他就说：我们不出去，种地也一样能活。

当着良霞的面说得挺大声，有让良霞吃定心丸的意思。这话还在耳边，大嫂的行李就收拾好了——娘家亲戚打电话来告诉她帮她在一个新开的菜市场抢了一个摊位卖果品蔬菜。她走没两天，电话像机关枪一样扫向大哥。大哥动身之前，电话里问了承明，让良霞一个人过妥不妥？以为承明会阻拦，可是承明很理解地说，生存要紧。他们商量一个方案，就是雇一个人照顾良霞。

大哥坐到良霞对面，做出推心置腹的姿态谈话。他先说到物价，他说往年一亩地能挣五百，五百能吃半年，那是三十年前了，现在五百块钱，只能买到一件衣裳。

过去造三间屋，两万块也就差不多，现在呢，二十万也只能盖两间。

良霞听到这里就表了态：不要担心我，我自己行。

话不多，口气坚决，也不是商量的态度。大哥等了一等，明白不需绕弯子，把家里钥匙递过来，站起来，提着行李往渡口去。

更多的钥匙落到她手上，邻居家的，堂房亲戚家的，甚至别的生产队从来没有打过交道的人家。还有一个人，不沾亲不带故，连名字良霞也叫不出来。他们把钥匙递到良霞手上。像他们希望的一样，良霞不多问也没推辞。一串钥匙就是一户人家。一户人家不止一把：箱子的，抽屉的，五斗橱的，前门的，后门的，串串钥匙沉甸甸。

良霞目送他们一个个的背影，男的女的，高些的矮些的，胖些的瘦些的，姓徐的不姓徐的，一个一个鱼贯而出。经过她的门口，她不忘叮嘱他们带雨伞和扇子。有人答应，有人装没听见。

剩下来的徐良霞，自由，可以随心所欲，想睡在哪张床上就睡在哪张床上。梅雨过后，她会检查所照料房屋的状况。她拿着保管的钥匙，隔几天就挨个去打开一扇扇紧锁的门，瞧瞧里头的状态，她一走动，松紧鞋踩响了空旷的房间，声音从墙上撞回来。回声响亮。

天气好，她就绣她的十字绣。她的一部分十字绣被哥哥裱了起来，挂在堂屋里。最令她自己珍惜的是《清明上河图》和《蒙娜丽莎》，几乎爱不释手，这两幅共占了她五年时间，江心洲的人都在绣花绣草绣鸳鸯，只有她，喜欢绣历史和域外的生活。如今她膝盖上摆着《金字塔》和《太空漫步》。她眼神很不好，手关节也疼，绣得慢，她不急，就那样安然、沉默地绣着，累了就听一听外头的动静。有时，病人会听到突然一声微弱的声响，说不清是什么声音，也不知道从哪里传出来。风啊树啊水啊草啊，熟悉到心里透亮了。风树水草都有自己的习俗和脾性。有风有水的世界就是生命的天堂。

比起眼睛和耳朵，良霞更喜欢用她的鼻子。疾病对她的嗅觉毫无损害，闻到饭香，良霞就知道哪家人回来了。如果有人愿意打赌的话，一准能发现她没有夸张。一艘拖船过去，她能闻到轮船上装载的货物。你可能一眼就看到是煤或者木材，然而她真的看不清那么远。她凭嗅觉。有一艘经过的轮船上的汽油泄漏，她在村主任通知前就已经提醒过大家。那么重的油味，她说。她能嗅到第一朵栀子花的香气，麦苗抽穗时的气味也很特别，她不用到地里就能知道它们长成什么样子。天气变化更不在她的话下，她能料到午后有雨时，便会提醒邻居老奶奶不要晒衣服，省得没晒干又要往回收。

再后来，撂了荒的地越来越多，差不多，大半个江心洲都荒芜了。起先，不种棉花的地里还长了杂草，但是，渐渐地，有土的地方不长草，长草的地方不生虫了，她明白有一个新名词叫"污染"。堤上坝下许多花草绝种了，再也开不出花、长不出嫩芽来。夹江里原先常常有小鱼苗在那里翻腾，落雨之前，水面像煮开水，如今，水里无鱼，鸟也无声，江心洲旧了，电线杆上的、水泥大门上的油漆轮番往下脱落，也没人管。

在横店跑龙套的人回来说，横店许多景点平时就是一座空城，到了拍戏的时候，摄像机、小汽车、群众演员、街市、货物、家禽和牲口就都魔术一样变出来了，到处热闹非凡、人声鼎沸，戏一杀青，那些东西又立马一夜之间消失不见，一片寂静。

江心洲就跟横店差不多，平时，留守的人，像江面上的行船，隔多远一个，再隔老远一个，可是到了过年，所有的人都会从各自发展的城市悉数归来，小汽车并排挤在原本堆草垛的位置，后备厢里拖出来大一包小一包，保健品、营养品，或者是流行的衣服，全部来孝敬留守的亲人。徐良霞家也不例外，亲人们挤在良霞周围。房子里全是新鲜的气息。大哥蓄起了络腮胡子，二哥穿着大红的衬衫，大侄子手上拿着的平板电脑，里面发出阵阵怪物的吼声，小侄女手上把玩着"打飞机"的游戏。走南闯北的人再回来，平平白白多出的一样就是聪明。更有意思的是，有的人明明有钱，穿得却不体面；有的人一个月才挣三千五千，却喜欢到处显摆。

二十二岁的徐若曦是个标准美人，她的美超过了她的姑姑，身高也高过姑姑半个头，天资和运气，她两样全占了。她在帮妈妈卖菜的时候，被星探相中，签约在模特公司。凭着她的美，她已经去过许多地方，有许多人为她做了许多荒唐事，她得到的倾慕只比姑姑多，不比姑姑少。江心洲潮湿的风，掀起她的裙摆，裙摆里头是肉色的丝袜，她不怕冷。她大有前途——人们都这样预测。她带回来的男孩子不是县城的，也不是省城的，是香港的，讲一口不拐弯的普通话，说的人难受，听的人更难受。可是他们幸福。他们的幸福晒在太阳底下、江滩上、堂屋、姑姑的眼皮底下，不留死角。

惊羡和恭维声中，良霞慢慢转过头去，不吭声，挂在屋外给旁人望的幸福她总觉得不牢靠，想提醒点儿什么，又晓得孩子们会嫌她多虑。若曦已经把姑姑太严厉的性格告诉给她的对象："我姑姑把我抵在墙边，鸡蛋不吃，不准出去玩。姑姑对吧？我没记错吧，我知道是为我好，姑姑最疼我。她自己一口也不舍得吃。对吧，姑姑？"

良霞点一下头，若曦就过来亲她一口，热烈得像个天使。反而是若云，仍然像小时候，提防着门外的一条狗，不敢随便乱走。

大嫂二嫂抢着做饭、洗碗、给房梁除尘，都说在城里比家里还累，回来却也不得歇息，忙完家务就陪良霞，晓得良霞平常闷，争着说外头的新鲜事，想让热情把良霞屋子填满。晓得她们一片好意，良霞再三招呼她们不要管她，她们哪里肯，竞相从包里掏出来的衣帽鞋袜，样样都是精心挑选的。她们在意良霞怎么看她们。

酒一上桌，大哥二哥的话才会多一些。男人的话题比女人大，从生意上的不良竞争，到国与国之间的领土纷争，什么都谈一些。说到心坎里的话，就频频点头，不同意的也不争，摇摇头，吃口菜，虽说是亲兄弟，虽说是在家里，也是一年难得见一面，和睦是第一。

短暂加热闹掩盖了许多真相，关于夫妻相处，关于儿女独立，关于物价飞涨，这些都不会在过年时抱怨。他们展现轻松和谐，展现自在和悠闲，那些掩盖不了的，比如白发和皱纹，会多少泄露一些天机。

归来者带回来的繁荣衬出她的落伍。他们的生活像在天外，她不好意思问，也不好意思装着没看见。不过，她还算沉着。她不添乱。

我们的姑姑。

先是自家侄儿侄女，再到人家的侄儿侄女，有的年纪太小，或者在外头出生的，不了解良霞的情况，被父母要求行礼，他们就随大美女若曦喊"姑姑"。渐渐地，哥嫂也这么喊。到末了，整个江心洲，尤其是过年，这些昔日的主人，今日的过客，向良霞发出亲昵的呼喊：姑姑，我们回来了。良霞变成了"我们的姑姑"。这亲切的呼喊声此起彼伏，他们向"我们的姑姑"问起霉干菜、糯米团子和豆瓣酱，他们问她要他们的童年、他们的记忆、他们的过去。说到过往的人事，他们把"我们的姑姑"拉出来做证：对不对，姑姑？没错吧，姑姑！

有时是控诉受过的苦，有时是证明自己勇敢过，全凭当时的情境。

徐若曦最记得姑姑的好：我姑姑晓得我爱臭美，我要上学时，她一夜没睡，为我做了一件衣裳。徐良霞不纠正，脑子里记住好的事，总比记得坏的强，脑子里只有人家的好，这样的人，也定能遇着好人。良霞微微地笑，看着他们打成一片，他们也喜欢良霞微微的、想笑的嘴角。走的时候，他们总会有人索要几幅姑姑的十字绣，送给体面的朋友。一般的东西拿不出手，他们说。

这十年工夫攒下的是"不一般的东西"。良霞是知足的，她咧开嘴角，微微地，想笑。

正月十五之前，他们会全部消失，就像她做的一场梦。

春节后的一天，从渡口走来的路上，有一个人经过良霞坐着的门口时突然停下了脚步。那个女人穿着件紫色长款大衣，头发简单地盘在脑后，这样的穿着，既简洁又端庄，符合她的年纪，如果她不开口，单从她的外表，良霞已经认不出她了。她站住，看着良霞说，良霞，我是腊梅。

当年那个在良霞跟前窘迫得想哭的姑娘已经完全变了样。比起多年前，腊梅那愣头愣脑的神情不见了，岁月在她的额头和眼角留下了操劳过度的印记。短暂的交流，良霞听明白了：她曾经在北京的秀水街卖过服装，她在那里学会了打扮自己，后来生意不好了，她又在服装厂干过一阵子，这几年，她又开了家网店，今年的生意渐有起色。她的儿子，也快高中毕业了，等他一毕业，说不定会接手她的网店，她今天回娘家是来看望留在江心洲的寡母，兄弟们待寡母不好，她跟丈夫商量好了，今天就打算把老人接到她所在的城市，亲自照料，如此等等。说这些的时候，她的眉头紧锁，焦虑的事好像还不止这么多。

说完她自己，她看着良霞。她没有像大多数见证过良霞的美的人那样，张口就是：你当年可是多么漂亮啊！她也没有回忆当年那刺激到她的渡船上的邂逅，她问起良霞的健康，听着，静静地坐了一会儿，然后起身告别。她站起来的时候，良霞留意到她的腰背臃肿，也到了发福的年纪了。

过完年，再热闹起来的就是清明节，外头的人会回乡祭祖。

二哥也回来了，还特意帮良霞带了台净水器，他清楚长江里的水不能直接喝了。快到门口时，二哥老远地瞧见一个老妇人站在门口晾衣裳，堤坝上有风，晾衣的绳子直晃，衣裳没甩上去，反而掉到地上，那老妇人，小心地往下蹲，蹲了两回才捡到衣裳，明知沾上了灰，竟也不在意，仍旧往绳子上搭去。

走到近前，果然是良霞，喊了两声，她才听见是二哥回来了，二哥上前扶她。她的手背和额角，因为排毒不畅，布满了老年斑，但是她的眼角，并无太多的褶子。良霞挣脱二哥，问他饿不饿，要进厨房给他做饭。

大嫂也是做奶奶的人了，也还是隔三岔五回来看她，送来米、盐和钱。有一天，大嫂来的时候，看到良霞坐在板凳上择芹菜，芹菜是连根拔的，良霞的手上沾满了泥巴。她一个人的日子过得很放松，因为她的神情很自在，人也胖了些。她的头发几乎全白了，她扎的头巾不紧，白发从两侧露出来，看不出她介意，更为重要的是，她懒懒的，大嫂来了，她并没有站起来招呼的热情。大嫂惶惑了，一瞬间感觉这个人没有半点儿值得同情的地方。临走时，病人还叮嘱做嫂子的：想家就回来。

良霞的语气充满着安慰，好像过得不好的人是这些走来走去的人。

她瞧见太阳底下自己的影子，挤成一团，分不清肩膀、腰身或腿。她晓得自己越来越佝偻了。再热的天，她都把双脚缩进衣服里，一切是那么安静。她听到了熟悉的、空洞的水流声，然后是一片沉寂。

九月重阳那天她发起了烧。

发烧的时候，良霞却觉得自己是走着路的——许多许多年前的太阳底下，她空着手，在严井湖边，沿着树篱的阴影往前走，她在那里生出对新生活的向往，她朝他一笑，凭着她的笑，她获得了崭新的希望，可是突然有一天，好像跟雨有关，她突然被卡在了跟现在躺着的不远处，一直到今天，动弹不得。

现在，她处于上升状态，她的背，她的整个身体都仿佛没有贴着床板，而是飘忽在半空之中，又好像站在崩塌了一大块的险滩边。她就那么站着，随时能飞起来。她觉得有点儿不能忍受这没有根的感觉。她嗅到了早晨青草的气味，栀子花的香气在飘荡，向她的身上笼罩。她注意到一只蜘蛛在床尾爬行，她喜欢这宁静的涣散的意识，既不觉得冷，也不觉得饿，她的嘴巴微微张开，触到了自己的小臂，第一次被人亲的就是这部位。那是三十年前，他冷不丁亲了她一口，除此之外，至今还从来没有一个男人真正抚摸过她的身体。她来不及有更多的体验，她假装对被亲吻惊恐无比，这是小小的狡黠，是用这种方式告诉对方这么做对她是何等大事。事实也是如此，她从小被百般呵护，深知美貌、洁净是她唯一的砝码，她死死地守护着整个地区。一吻定终身。她贪图这个美好的传说。

江心洲的夜万籁俱寂，黄鼠狼发出微弱的叫声，还有老鼠，趁着病人在床上翻身的时候，迅速从床边穿过。在这无风的夜晚，柏树一动不动地屹立在屋檐上方。良霞仰卧着，两眼紧盯着黑暗的苍穹。

第三天，一个邻居路过，探头进来问候她。她说她刚刚躺下——她撒了谎，然后闭目休息，她不讲客套，也不跟人道别。

第四天，她从床上起来，望了一会儿大江。江滩上又有一个工地，听说又打算建一个造船厂，水泥、黄沙，再往前是粼粼的波光。哦，说不定又有热闹起来的一天。

她死的那天，雾很大，太阳像躲猫猫一样出来又没了，良霞家的大门和房门都是敞开的。最早发现的是邻居老太太，她来回几趟都没有看到良霞，到了傍晚，她再次经过良霞家，出于对死亡的敏感，她呼喊了三声：

良——霞。

良——霞。

良——霞！

没有回应，邻居老太太径直走了进来，很快，她退到门外，开始向东西两头大声地叫唤。不一会儿，村子里的老人和孩子们纷纷往这儿跑。他们一个个站到房门口，小心地把头向里探望。

徐良霞安静地平躺着，薄薄的被子下面盖严实了脚，上头蒙住了脖子，她的双手放在身体两侧，前额的刘海夹到两耳边，露出光洁的额头，嘴巴微张，保持着呼出最后一口气时的轻松。她的睫毛覆盖住眼睛，显得那样的坦然而从容，似乎她离去得那样自在，并没有辗转。她沉着的气质一下子把人给镇住了，她的被遗忘的美把人都给镇住了。那不可冒犯的感觉，使人一下子想起她二十岁的样子，那时，她令女人羡慕、男人垂涎。她羞涩而骄傲，对未来充满向往，谁都会相信她前程似锦。

《人民文学》2014 年第 7 期

梅子和恰可拜

董立勃

那一年，很乱。乱得城里人全往乡下跑，什么地方都去。那么远的西部，西部西边的新疆，新疆西边的戈壁滩上，也来了不少人。其中一个人叫梅子，是个女的，她是从南方来的。南方什么地方的，并不重要。南方女人，都差不多，有些娇小，却很能干。这一点，从梅子身上，也能看出来。

那一年以前，这块戈壁滩上早就有人了，不过，人有些少。少得有时骑上马走上一天，都遇不到个人。这些很少的人，一般来说用不着种地，光是戈壁滩上的植物和动物，就能让他们活下去，并且还会活得不错。比如说，有一个叫恰可拜的男人，先祖是匈奴人，一直生长在这里。他在马背上长大，又在马背上生活，当然，还会带着刀和枪。只是他的刀和枪，主要不是为了对付人的，而是对付野兽的。

谁都没有想到，连他们自己也没有想到，在那一年以后的某一天，南方女人梅子，会和匈奴人的后人恰可拜相遇，并且有了一段故事。这到底是个什么故事呢，读到最后你就会明白了。

梅子刚来那年刚刚十九岁。属于从内地来到边疆的知识青年。但不属于第一批，也不是属于最后一批。只是属于他们中普通的一个。不过，就算是普通的一个，也是一样怀着为革命愿意献出生命和青春的理想，来到荒野上的。

虽然发了军装，也说了是兵，可发到手上的，不是枪，而是农具，一种常用的叫坎土曼的农具。

干着种地的活，还是像战士一样编成了班排。

没有谁会想到你是南方姑娘生得娇嫩，别让风雨吹着了，别让重活累着了，给你什么特别照顾。都是女人，不管是北方的，还是南方的，不管是胖的还是瘦的，不管是身体壮的，还是身体弱的，全都会一样对待，革命队伍讲的就是公平。

既然来了，得到了一个垦荒者，也称军垦战士的名义，就不能白得，你得用汗水，用力气，证明你是个好的劳动力，是个能战天斗地的好同志。

梅子明白，登上西去的火车时就已经明白。

明白了，便羡慕起别的女人身体的粗和壮。

从镜子里看自己一张脸，白得如涂了粉，很是恼火，恨不能从锅底抹一把灰，涂遍腮帮额际。

如今说起来很可笑，可当时真愁坏了梅子。

听说冰雪水洗脸，皮肤会粗糙，每落下一场雪，梅子就跑到门外，端一盆子白雪放到炉子上融化。没有雪，就到大渠里挖一块冰，用那浑黄的水，揉搓头发，擦洗身子。

仿佛是故意和梅子作对，浴过冰雪水的头发，更柔软更光滑，皮肤也更细腻。搞得别的女子以为梅子是用这个方法让自己变好看了，回去后纷纷效仿，也用冰雪水洗头洗澡。

梅子只得又改换法子。

西部夏天的骄阳毒得能烤裂石头。开荒的人都戴着草帽，梅子却把发的草帽挂在墙上。别人田间歇息，全往树的荫凉里躲。她却脸朝天，躺在刚犁过的松软的土地上，让火一样的阳光照晒。

皮终于被风和日光揭去了一层，但新换的，反而更白嫩了。

硬晒不黑。

气死梅子了。

大家都有些小看梅子，说看她的样子，柔弱娇小，干活肯定不太行。

梅子一直想有个机会，证明给别人看，自己不是个娇小姐。

一次割麦子大会战，雪亮的镰刀扫落时，碰到了小腿肚，顿时皮肉绽开。喷溅的鲜血染红了一只鞋，又打湿了一捆麦。梅子哼也没有哼一声，更没有掉一滴泪。撕下衬衣的一角，裹住了伤口。

晚上集合开会，队长表扬了梅子。

第一次受表扬，梅子不知有多高兴。

也是这个事以后，大家不再因梅子腰细脸白而小看梅子了。

血没有白流。成立铁姑娘班，公布的光荣榜上写着梅子的名字。

授予旗帜时，全部姑娘列队上台，梅子当然也上了主席台，接受着场部领导的握手祝贺。

还让梅子代表姑娘们表示了决心。这也成了梅子一生中最荣耀的时刻，后来确实也再没有过。

那以后，又过了一些年，梅子还是那个梅子，只是少女变成了少妇，姑娘变成了老娘。还有胆子和性格，主要还是她的人生经历，已经和当初的那个梅子完全不一样了。

小镇上第一个私人酒馆，就是梅子开起来的。

起名就叫梅子酒馆。

当时才刚刚改革开放，好多事没有人敢干，也不让干。梅子开酒馆，成了下野地很轰动的事。

那会儿，在小镇还没有铺上沥青的土路上，梅子骑着三轮车，上面装满了酒馆用的青菜、鲜肉、酒水以及其他各种物品。骑车骑得快，带起了风，扯得她的头发乱飘，衣襟也被往后拽，仿佛要故意突出她的脸子和胸脯。

要用劲儿，大小腿得一块用劲儿，随着脚踏子的上下变动，圆鼓的屁股不得不有节奏地幅度很大地扭动。

梅子骑三轮车成了一道风景。只要一出现，不管是谁，都会睁大了眼睛去看。

男人们看着骑在三轮车上的她，看了她的前面，又扭过头追着她的后面看。直到看不见了，才继续做自己的事。大多什么话也不说，默默地埋着头，但心里的滋味如喝了一口好酒。

自己也是女人的女人，见了梅子也要仔细看。因为是一块儿流过汗的，熟识得很，脸对着脸，就笑嘻嘻，说梅子真是会长，越长越水灵了越丰润了，也难怪，刚来时还小，还没有长开，女大十八变，就是指长开了。等梅子背过身，走出去好长一段路了，对着那条仍是美妙的背影，忽地沉下了脸，一口存积了很久的唾沫，被舌尖极脆地弹出，又像是唾沫会溜跑似的，忙一脚上去狠狠地踏住。牙缝里挤出一句，不要脸。

莫说仅仅是嫉妒，什么事都要有个行为道德规范吧，你要是不遵守，就不能不让别人说，包括骂。做人是要有原则的嘛，并且每个年代的原则都会有些不同。梅子好像也确实有可以让别人骂的方面。

过去的不说了，就拿眼前那个开得正红火的酒馆来说吧。知道梅子是怎么开起来的吗？哼，你还蒙在鼓里呢，现在，听我告诉你吧……

最先想着开酒馆挣钱的并不是梅子，而是几个想尽快致富的男人。他们没有事，坐在那儿聊天，想喝个酒都没有地方去，说要是开个酒馆生意一定会好。正好梅子去井台挑水，从旁边路过，无意中听到了。

刚开始改革开放，都想富起来。男人们不但说了，也去做了。看上了公路边一个仓库，没有用了，开个酒馆，正合适。仓库是公家的，得镇长同意。去找镇长，镇长没有给。镇长一直受党教育，时代变化了，可很多事上，还没有转过弯来。不给房子，给点儿钱也行啊。这么多年一直过的穷日子，谁的口袋里都没有几个钱。买个日常家用的东西，都要算来算去。哪有钱来开酒馆呢？公家有钱，可这钱不可能支持私人去开酒馆。镇长大骂几个男人，是半夜做梦娶媳妇——净想好事。

梅子口袋里也没有钱，可她真的是想开这个酒馆了。因为她有一个女儿，这个女儿在南方上学，一直很需要钱。想让女儿更有出息，还需要更多的钱。

那天，梅子和往常一样去挑水，但在挑水时，想到了一些往常没有想到的事。把水挑到家里后，放下了水桶。她走出了门，走向了场部。准确点说，是直奔向那间镇长的办公室。

两个小时后，梅子拿到了开酒馆的营业执照，并且还从公家那里借到了一万元的消息，就传遍了小镇的每个角落。

许多人不信，跑来问梅子。

梅子点了点头。

够了，这已足够说明问题了，不需要再多问什么了。

几个男人辛苦奔波数日没有得到的东西，一个女人用两个小时就全部拿到手了。凭什么？她没有一点儿所谓的后门和社会关系，新疆连她的一个远房亲戚都没有，也没有提什么贵重的礼品，许多人亲眼见她是空着手走进办公室的。她什么也没有，有的就是她的脸和屁股。况且她原本就是一个名声不好的女人。这可不是瞎说，是有事实根据的。

任何一个稍有想象力的人，都不难从中设想出个结论，并且还很容易就设想出了大致相同的情节。

梅子不聋，散发着臭味的流言灌进耳朵里。梅子不哑，可她没有对任何一个人分辩半句。她知道，如果她把那天办理开酒馆手续的过程说出来，在这个小镇上，是不会有一个人相信的。

他们不会相信事情的过程会是那样的简单，简单到枯燥无味。

反正说了也没有人信。梅子便不说。

那天梅子直接去了镇长办公室。

看见门是虚掩的。敲了两下，不等里面有人回话，便推开了。

镇长正在丢盹，光脑袋一点一点的，竟还带着节奏。

梅子故意把门使劲关上，碰出的响声把镇长惊醒了。

看到了梅子，惊醒的镇长一下子站了起来。

梅子却平静地在桌前的木椅上坐下。对镇长说，你坐下吧。

听到梅子说让他坐下，镇长才坐下了，好像是个很听话的孩子。可坐下来的镇长，脸上的表情并没有跟着放松下来。

实际上这位镇长已五十出头了，也出入过炮火纷飞的战场，光死人的样子也不知见过多少种了，按说这样的场合里是没有道理慌乱的，一个女人怎么也不会比一个敌人更可怕吧，况且这个女人还是他的部下。

对着梅子竟一时找不到话说，因为他还没有猜出梅子的来意。

倒像是梅子的位置比他还高，是他的领导，说话的语调也显得沉着威严。

我要开一个酒馆。

开酒馆？

就在镇上开，有人向你提出过。

可我没批。

这我知道。

你还是回南方吧，只要你同意，我们负责联系安排。

这个问题我早回答过了。

再商量商量。

还是商量开酒馆的事吧。

你看，别人开，我没有让开，再让你开……

这么说，你也是打算不让我开了？

我想，是不是再等等政策更明朗一些。

梅子不再说话，站起来要走。

不再说话，可比说了话还厉害。这个话，没有声音，可镇长听得见。

行行，我批，我批，不让别人开，让你开。

梅子又坐了下来，拿出了报告，让他在上面签字。

他拿过桌子上的蘸水笔，手有些抖。

那个空着的仓库，让我来用。

行，让你用。

我还需要贷款。还要向公家借点儿钱。

借多少。

一万吧。

这么多呀？

我算过，得这么多。

行，借给你。

又接着往下写。梅子的目光触到他那光秃秃的脑门，发现上面结了一粒粒汗珠，便不由得皱了皱眉，把脸转向窗户。

窗子半开着，红色的窗帘被风吹得飘飘摇摇。

接过签过字做了批示的报告后，梅子飞快地扫了一眼后，便起身拉开门走了出去。

连声谢谢都没有说。

砰的一声脆响，门在身后迅速而坚决地隔绝了送她的目光。

镇长像挨了一击，身子随着靠椅往后仰。不过没有摔倒，只是椅子靠背的尖角在石灰墙上划出了深深的一道印子。

手在光脑门上抹了一下，抹下了一把汗。

要理解上面这个场景，寻出简单背后的复杂，也难，也不难。

其实在门哗的一下推开直到又砰的一下关上，无论是来了又离去的梅子，还是一直坐在椅子里的镇长，都想到了同一件事。

她和他都不愿去想，可没有办法，不愿想本身就已经在想了。

看起来是完全不同的两件事，并且相隔已有十几年了，但两人都明白，之所以刚刚进行的这件事能顺利结束，在很大程度上是依赖于另一件记忆里的事。尽管谁也不曾提半个字，甚至连一个神秘的暗示都没有。

这里边分明是藏着什么秘密。

是的，藏在心里的，不能看到也不能听到。失去了判断的真实依据，人们只能按常情常理解释，问题是生活里充满了许许多多意想不到的东西。

比如那个夏夜，谁也不会想象到在快要破晓的荒野里会发生这样的一幕……

队长，就是现在的镇长，一个对工作很负责任的干部。

队长有个习惯。醒得早了，干脆起床。拿上手电筒到地里转转，既可了解庄稼生长的情况，又可以检查一下上夜班的农工，如喂马的、看场的、耕地的、浇水的工作情况。看看他们中是不是有擅离职守偷睡懒觉的。

于是，这天早上，他穿过了还在静悄悄酣睡的农场的营地，往正在灌浆的小麦田走去。

说真的，他忘了新成立的铁姑娘班的丫头们，也干起了过去只有男人才干的浇水的活，并且像男人一样也上夜班，加了个铁字就该比男人还能干。

他更没有想到此时顺着水渠流向麦田里的水，正是由一个叫梅子的南方姑娘管理着的，具体安排谁来浇水是由班排长负责的，用不着队长管。

他迈着平常惯有的步子，一只手把握着的一个淡黄色的光柱，在他身前身后无规则地晃动着。看到一道毛渠垮了口子，一股水正悄悄地跑进荒地，他心疼起来了。

为了把天山上的雪水引过来，曾有多少战士被累垮累病，还有人甚至流了血付出了生命的代价，他手下就有两个人，一个被塌方的冻土块砸伤，一个被砸死。

他喊了两声，没有人回应，就更火了，决心找到这个浇水的，他知道这个家伙一定在偷睡懒觉，得狠狠地臭骂一顿。

于是，电筒射出来的光柱就有了明确的目的。

梅子本是很灵醒的。因为初次浇水没有啥经验，扛了个大坎土曼东掘西挖，这里堵缺口，那里放闸门，几乎一夜没有停闲过。

再铁，再想干好，也是姑娘啊，到了天快亮时，终于熬不住了。

想着只是坐下歇一会儿，结果屁股一挨地，身子就歪倒了，脑袋直接枕到了田埂上。梅子睡得太沉了，完全像死了过去一样。所以队长的两声喊，一点儿也没有听到。

电筒的光柱经过一会儿摸索，终于照到了她。

队长本来是想上去先踢一脚的，右脚都抬起来了，正好这时光柱落到了梅子睡熟的脸上。队长一下子愣住了。右脚不但没有踢出去，连准备骂出口的一句脏话也咽进了肚里。

可糟糕的是，梅子由于干活干得太猛了，淌下了许多汗。不想受闷热的罪，她就把已经很单薄的衬衣的扣子全解开了，想着透透风凉了再系上，反正是夜里，四周也没有别的人，可还没有来得及再系上，就睡着了。不巧的是那侧睡的姿态，又偏偏使那鼓圆的雪白的乳房完全地暴露在了手电的光照里了。

四周是漆黑的，没有一点儿动静，似乎世界上什么也没有了，只有一个刚长开了，长圆了，长大了，像花蕾开放了的胸脯了。

才刚四十出头的队长，霎时间热血便涌上了头脑。整个人昏了，晕了，完全失去了控制。人一失去了控制，就有点儿不像个人了。队长变成了一只狼，一只饿狼。他这会儿看梅子，就像是看到了一只绵羊。他一点儿办法都没有，除了扑过去，只能还是扑过去。

粗野的动作撞醒了梅子。她几乎是在昏昏沉沉的状态中推挡着、躲闪着。

寂静中不时响起棉布的刺耳的撕裂声。

说真的，最初她并不完全明白是发生了什么，只是本能地拼命抗拒着。待她清醒过来了，已经没有力气了。尽管身体还在扭动，但几乎完全地被队长压在了身子底下。

天微微有些亮了。

一张宽大的脸急促地喷着热气凑到了她的脸上，梅子的眼睛一下子睁大了，不能相信地朝上望着，试图摆脱压迫的双腿也同时停止了反抗。

队长。

她拼着力气喊了一声，尖厉带些嘶哑，显得十分凄惨。

宁静即刻被划得破碎，随即又哇的一声爆发出号叫般的痛哭。

这喊声和哭声已不单是为了面临的侮辱而发出。在听队长讲创业故事时，她的眼睛睁得好大，连眨一下都不肯。她在日记本上写下了队长是我最佩服最崇敬的人的话。

大约是这尖厉的哭声和叫喊声，刺进了他的心，也许还有另外别的什么原因。反正就在梅子不再反抗他完全可以为所欲为的时候，他后退了，像害怕死亡的胆小鬼，这还是头一次。面对着梅子，他不断地后退着，险些被一道土埂绊倒。

而梅子腾的一下跃起，连看也没有看他一眼，捂着脸回过身向荒野深处逃去。不能遮掩住身体的碎布条飘动着，一会儿，苍白而湿沉的雾便把她吞没了，又过了一会儿，连她的一丝哭声也听不见了。

队长低着头站在那里，像个泥胎。

手电筒扔在脚旁的野草丛里，电门还开着，光团昏暗。

这件事梅子只对一个男人讲过，他的名字叫黄成。

梅子也曾想对另一个男人也讲一讲。但她发现这并不是一个只要听听便肯罢休的男人，他没准会惹下什么大乱子，使已经糟了的事情更糟。于是有好几次话到了嘴边又咽了回去。

想把这件事告诉而又没有告诉的那个男人，是一个猎人。

他的名字叫恰可拜。

和许多小镇上的人不同，恰可拜不是从外地来的，他已经不知道他的家族在这里生活了多少辈了。他有着和内地人不一样的长相，属于另外一个种族，还说着不一样的语言，属于突厥语系。但这不影响他和许多内地的移民在一块土地上生活，并且有了密切的交往，形成了很深的感情，他与梅子的故事也许就是一个小小的证明。

每每太阳从西边斜斜地照着酒馆，在白墙上淡淡抹下柔和的橘红色时，远处的地平线，就会以荒野为背景，由模糊而渐渐清晰，如电影慢镜头一样慢慢推出一个人和一只狗。

狗有时跑在前头，有时又落在后面，有时还毫无道理地离开主人钻到灌木丛里转一圈，再急匆匆奔回来。

不管狗如何，恰可拜的脚步绝不乱，始终保持着不变的节奏，一步步踏在没有路的野地上。

由于土质有硬有软，留下的皮靴子的印迹就有深有浅。

他没有戴帽子，头发粗但不长，所以是乱乱地盘绕竖立在头顶上。鬓角处几绺头发自然地打出了几个小卷。脸色黑里透着亮，一看就是太阳曝晒的结果。眼睛浅蓝色的，像晴朗的天空一样，没有飘荡的乌云。

服饰上，除了脚上的皮靴和腰间匕首外，其他装扮和西部汉人没什么不同，但只要随便地望他一眼，就能立刻判断出这个身材高大的男人，是传承了另外种族的血脉。

梅子酒馆开起来后，他差不多每天都会去酒馆坐一会儿，也会帮着做些可以做的事。

只要是恰可拜朝酒馆走过来，这时正在酒馆内忙碌的梅子不管手中干着什么活，都会蓦地仰起脸，让目光穿过厚厚的墙壁，看着恰可拜一步步走近。

为了证明这不是幻视，她会凝神竖起耳朵去聆听。果然有踢踏踢踏的脚步声从地面上传递过来。

好有力的声响，她感到小酒馆的房屋微微晃动了起来。

究竟是什么让梅子在恰可拜离酒馆还有几百米时——屋里别的人没有一个可以听到他的脚步声——就准确地知道恰可拜又来了，连梅子自己也说不清。

这时正在忙碌的梅子不管手里正干着什么活，都会搁到一边，拿起抹布把墙角的一张桌子擦拭干净，端上一盘切得极薄的牛肉和一碟油炸的花生米，再放上一杯伊犁大曲牌的烧酒。他每回就喝这么些绝不再多也绝不再少。

待一切刚刚准备好，梅子回过身，正好看见恰可拜掀开门帘走进来。

他们并不多说什么，一般连一句话也不说。恰可拜会把带来的野鸡野兔或别的野味递给梅子，梅子也不会客气地说什么，只是伸手接过来，放到一个合适地方。

往往是梅子对他浅浅一笑，算是打了招呼，而他则是微微一点头，算是回应，人与人之间太熟悉了，就不会说什么客气话了，有什么客套的举止了。

接着两人错身而过，梅子总是闻到一股从荒野上带来的青草的新鲜气息，他自然也会闻到另外一种荒野上没有的香味，梅子回到厨房或者去招呼另外的客人，他便坐下喝酒。

只是猎狗不老实，在恰可拜脚旁卧一会儿，就站起身凑近梅子，用头蹭蹭梅子的脚或者用舌尖舔舔梅子的手。这时梅子会把一块新鲜的牛羊肉扔给它。它只吃梅子给的肉，对那些顾客随手扔来的骨头它是从来不去理睬的。

他坐在墙角，那是一个容易被目光和灯光忽略的位置，但那又是一个一眼就能把酒馆动静尽收眼底的位置。他慢腾腾地拈一粒花生或一片牛肉扔进嘴里，不慌不忙地嚼着。吞下去后再端起酒杯用双唇啜一小口，似乎有些拘谨还有些小心。放下酒杯后，难免打量一下那些正在大吃大喝的过客，脸上似有似无现出的神情，仿佛心已离开酒馆，正在一个极遥远的荒凉的地方漫游。

一群刚刚钻完了一口勘探井的男人从沙漠深处走了出来。远远看见了梅子酒馆便欢呼起来。载着井架以及各种装备的大型特种车在梅子酒馆前面停下。

门不是被推开而是被撞开的。

他们带着沙漠的燥热拥进酒馆，立刻改换了里面的空气。小酒馆里温度急剧升高，仿佛划一根火柴，就会烧起一场大火。

一个留着长发的大胡子青年，走到正在播送着新疆民歌的录音机前，咔的一下关住，换上了自己的一盘磁带，并且把音量开到了最大，顿时桌子面都颤动起来。

狂热的迪斯科摇滚舞曲用狂乱的节奏和声响把某种被压抑的欲望淋漓尽致地展示出来了。他们立即发出噢噢的尖叫，从口袋往外掏着钞票，让梅子上最好的酒和菜。

梅子先端上酒，又端上菜。

让梅子倒酒。梅子就挨着把每个碗斟满，他们喝酒像喝白开水一样，仰起脖子咕咚咕咚地一口气干完。倒完了酒，梅子刚要离去，手被扯住了。大胡子青年要梅子陪着他跳舞。

梅子说不会，挣脱出被握住的手，往厨房走。

别走，跳一次十五元，老子想乐乐。

梅子回过头，看了大胡子青年一眼，觉得他的样子和话语挺滑稽。不由得从嘴角透出一些笑意。

大胡子青年见梅子笑了，以为她是欣然同意了，忙伸出双臂做出跳舞的姿势。但梅子收起了笑，转过身去，给了他一个冷冷的后背。

大胡子青年被梅子这样对待，自尊心大遭伤害。一时火气冲至脑门。竟不顾是在光天化日之下，两步并成一步跨上前，从后面抱住了梅子的腰。一张喷着酒臭气的嘴顺着梅子后脖颈，粗鲁地凑向那白净光滑的脸颊。差一点儿就要触到的时候，大胡子的额头像是突然撞到了一块坚硬的岩石，只觉得头晕目眩眼冒金星，连着向后退，一屁股蹾在地上。

惹出哄的一片大笑。

睁开眼，看到一条大汉立在眼前。

大汉像打量一只死兽一样，毫无表情地看着他。

他涨红了脸，一跃而起，号叫着冲上来。又像是碰撞一块黑色的巨石，这回是碰在脸上，好惨，口鼻都往外蹿血。

他蹲在地上捂住了脸。

伙伴们不笑了，全站了起来，朝大汉围过来。

恰可拜扫了他们一眼，还像是看死兽，同时，随便地拍了拍手掌，像是要把上面的灰拍掉。

猎狗从恰可拜叉开的两腿间钻出来，朝着那些围过来的男人，伸出了血红的舌头，露出了两排嚼碎过黑熊骨头的锋利牙齿。

他们不得不停下了脚步，望着这只不知有多么厉害的狗，样子简直和狼没有区别。

梅子这时从恰可拜身后站出来，脸上依旧是挂着淡淡的笑。

恰可拜回到墙角那张桌子旁，转过身时他们看见了他腰间的刀，像是什么事也没有发生过，慢慢地举起了小酒盅。

类似的冲突还发生过几次，起因结果都大致相同。渐渐地大家就明白了一些道理。这酒馆虽是一个女人开的，却也是不能随便胡来的。语言可以放肆一点儿，但行为必须限制在一个范围里。不允许有丝毫的超越。懂得了这些，一些人再到酒馆，自然就有了规矩。特别是看见墙角坐着的那个模样凶野的男人，更是只能在心里有些放肆，行为和言语上不敢有什么造次。尽管对恰可拜有万般的嫉恨，但不敢有一点儿的流露。更不要说故意向他挑衅了。只是在离开酒馆后，凭借自己的经验，编造着极肮脏的异族男人和南方女人的风流故事，既解了心头之恨，又得到一点儿无聊的心理满足。

其实他们对恰可拜恶毒糟践时，心里头不知对他充满了多少羡慕。也会对自己说，我要是有这么个相好，我也会像他一样护着。

下野地四下都流传着一种说法，说梅子酒馆的女老板，有一个情夫，是个荒野上的猎手，厉害得很，谁也不敢惹，不光打架厉害，在床上也很厉害，这一点，看他的样子也能看出来。

是情夫，光听人说。不敢惹，却是亲眼见。

对这个风流的故事，至今只有偶尔过往的路人才会觉得新鲜有趣。小镇的人要是听到了，会说这是个老故事，听过不知多少遍了，用不着再听了。

十几年前，当消失了快一年多的梅子再次出现在小镇上时，就有了这个故事。

那是一个平常的中午，太阳毒毒地烘晒着。人们不得不在树荫里吃饭，吃罢饭就铺一张芦苇席子在树荫里歇息。

看。

先是一个爬到了树上的少年喊叫起来。接着大人们因为想知道发生了什么，就坐了起来，或者站了起来往少年指的方向看。

白花花的阳光水浪似的乱闪，虚虚的过一会儿才能把想看的看清。

待看清了，就不能再躺下睡了，竟连太阳晒也不怕了，离开了树荫站到了路边。

许多人听到了动静也从屋子里跑了出来。

路两边挤满了人，形成了农场小镇难得的一次人群夹道迎接的场面。

真是梅子，从她失踪后，小镇上关于她的各种流言，一直没有停止过。

可现在，丢了的梅子又回来了。联系到那些流言，大家不能不关注她的现身。

梅子坐在马鞍上，身上穿了件男式军装，头发没有梳成小辫，散开着随风飘扬，脸还是那样白，似乎瘦了点儿，但显得更精神，表情上，看不出有什么悲伤，相反却给人一种坚定，似乎还有些骄傲的感觉。

看来她没有遭什么罪，传说她被人抢了，被人害了，被人杀了，还说她跟人私奔了。

天啊，她身后还坐着一个男人，相貌好凶啊，可身材魁梧极了。

梅子骑在马上能稳稳当当的，全仗他的扶持。

可不，梅子是紧紧靠着他的。

啊，她的肚子好像有些鼓起了，难道说她已经怀上孩子了？

他戴了一顶草帽，檐子低低压在眉上。

没错，不是个汉人。

瞧，他肩上还挎了一支枪，枪身闪着一明一灭的光亮。

是个打猎的，那不是吗，身后还有一只猎狗跟着呢。

就在他们还骑在马上，马蹄扬起的干燥的尘灰还在飞扬的时候，一个几乎谁都不能不信的故事基本完成了，并且开始从一个人的嘴巴传向了另一个人……

正在田埂上走，一匹马从浓雾里飞奔而来，没等梅子明白过来，只觉一阵旋风刮过，便被一只粗壮的胳膊拦腰抱起……

后来，马在深深的胡杨林里站住，浑身蒸笼一般冒着热气。梅子吓呆了，被拖进了屋里……

后来，把她放到床上，他就要脱她的衣服，梅子拼着全身力气反抗着……

后来，梅子没有力气了，昏了过去……

后来，梅子就被脱得一丝不挂了……

后来，那男人说了好多好话，打回了黄羊烤熟了炖熟了，喂梅子吃……

后来，梅子发现这个男人并不坏，而且他是那样的健壮……

后来，梅子也就很情愿地和他睡觉了……

自然，女人和男人愿意睡觉了，就会怀上男人的孩子了，肚子就会隆起……

后来这个故事越说越长越说越详细，看说的人那认真的样子仿佛是亲眼见了似的。不管怎样，这还是个很够味道的故事版本。所以它就在小镇流传了相当长一段日子，真正做到了家家都知道，人人都晓得。那天，梅子和恰可拜骑着马一块出现在小镇上，好多人都看到了。只要是看到的人，一直会记着那个场景。

一男一女一马一狗，迎着燃烧的阳光和一片猜疑的目光，沿着小镇最宽的一条土路默默地移动着。

他们像是没有看见两边比树还要密集的人群一样，脸正正地朝着前面，好像站在路两边的真的全都是树，而不是人。

离小镇最高大的那座房子，一个两层小楼的农场办公机关越来越近了。

但在马蹄叩响房子前砖铺的地面前，沿着人们翻动的大小厚薄不同的嘴唇传递着那个像真的一样的故事已破门先入了。

没等听完，镇长就一下子站起来，冲到窗口，隔着玻璃，他看见了驮着一男一女的一匹马正不慌不忙朝着他这个方向走过来。

　　他呆住了。

　　一个月前，他从队长变成了镇长，他正沉醉在升官的喜悦中。

　　可是这一会儿，喜悦没有了，变成了紧张和害怕。他连屁股下的凳子还没有坐热乎，他的好日子似乎就要结束了。

　　关于梅子消失的真相只有他知道。他起初认为她是自杀了，并且有点儿希望她已不在这个世界上，这样有一个秘密也会随着死去，不再被人知道。但到了晚上一闭上眼，就看见一个披头散发的女鬼来挖他的心肝。本来他就迷信，相信善恶总有报应。如果她死了，自己就会又加一重罪，到时候他偿还不完还要子孙来偿还，这样一想他又希望她不要死。可她不死，她给别人讲或者去上级那里告他的状，他又该怎么办呢？不说镇长当不成了，很有可能还会坐大牢，强奸未遂也可以判刑。战争期间他曾亲手枪毙过一个奸污了农家女的士兵。这些剧烈的内心活动，使他很快地消瘦了，头顶的头发也每日一撮撮地脱落。

　　马站住了。

　　男人用两只手托着梅子的腰，把她轻轻从马背上抱到地上。

　　他弯腰时，那闪动着幽蓝光亮的猎枪，刺眼地惊醒了还在发呆的镇长。

　　来复仇的，这个女人知道自己身单力薄，找了个强壮的男人当帮手。绝不会有错。镇长几乎没有再思索，转身离开窗口，冲向自己的办公桌，拉开抽屉，取出一支手枪，压上子弹打开机头。动作之熟练和迅速，是在一眨眼间完成的，不愧是个老兵。

握枪的一只手连同枪一起放在半开的抽屉里。对面的人只能看到他的胳膊，不会发现他真正的用意。

心怦怦乱跳，打过那么多仗还没有这么慌乱过。

吱的一声响，门开了。

梅子走了进来，带入一片金属般的阳光。强烈的光立即显出了屋内空气里的纷乱的灰尘颗粒。

他注视她的背后，越过她窄小的肩头，等待着。捏枪的手出汗了。

给我一间房子。梅子说。

他没有听到。

给我一间房子。梅子又说。

他没有听清，看了她一眼后仍然注意着门口。

给我一间房子。梅子又重复了一遍。

他听见了，可没有回答，脸上的肌肉仍在紧张地抽搐。

我有孩子了。

梅子拍了拍微微有点儿隆起的肚子，一个字一个字咬着对他说。

握枪的手松开了。

他想开口问问门口那个挎枪的男人是怎么回事。可没有这个勇气。对他来说，只要快让梅子从眼前离开怎么都行。因为脸颊那块抽搐的肌肉总也不停，把他的心拽得难受极了。

给你一间房子。他对她说。

听到了这句话，梅子转过身走出了门。

一会儿门口又响起了嘚嘚的马蹄声。

关上半开的抽屉，镇长知道，他没有事了，或者说暂时没有事了。看梅子的样子，她似乎并不想让别人知道那天早上在麦地里发生的事，也是，又不是什么有面子的事，说出去，对她也没有一点儿好处，她为什么要说呢？

除了梅子，全镇只有一个人知道那个带有传奇色彩的风流故事是胡编的。可他一点儿也不想阻止它的流传，甚至希望它就是真的，更不愿用真正的细节去纠正。

他用沉默帮助了这个故事的传播。镇长都信了，肯定不会有假。

但如果谁老在耳边嘀咕这件事，他又会猛地一摇手，让对方住嘴。

可如果说他知道事情全部真相也是假的。因为梅子消失在白雾里以后的一年多里，究竟发生了什么他也弄不清楚。他也不得不根据那个传说的故事版本提出自己的疑问。

肚子里的孩子是谁的？如果是那个猎人的，他们又是怎样认识的？并且怎么有了不同寻常的关系？既然已有了孩子，为什么两个人还不结婚？虽是不同民族，但在西部，汉族女孩子嫁给别的民族的男人，并不算什么稀罕的事，如果她要是提出，他肯定会批准的。是什么妨碍了他们？

按说，他有这个权力也有这个责任把梅子叫来问问，必要时也可以问问那个猎手。可他没有。甚至有些干部向他请示，是不是要去管管梅子，因为她还没有结婚就要生孩子了，这可不是一般的错误，并且和一个异族男人关系不清不白，在群众中造成了很坏的影响，也被他坚决地阻止了。他的原则是和梅子尽量减少来往，最好是一点儿来往都没有，更不要说去主动惹她了，惹不好，她万一把那个夏夜的事扯出来他就完蛋了。

可以说，镇长为了保护自己，而不得不去保护她。这让梅子就算是没有结婚就有了孩子，却没有受到什么追究。

有了自己的一间小屋，梅子在里面生了一个孩子，是个小女孩。

那天，小女孩嘹亮的啼哭声传遍了小镇每个角落。

人们都竖起耳朵听，听了一会儿又口溅白沫地说，一个女人还没有结婚就生了孩子是件很有说头的事。

只是远远地看着那间孤独的小房子，没有人走进去，不知人们是怕什么，或者说是嫌什么，那个有枪的男人看起来真的有点儿凶恶，很像传说中的土匪和强盗。

那段日子，可以经常看见一匹马在荒野和小镇——准确说是梅子的小屋之间跑来又跑走。马停下来以后，会拴在门口一根木桩上，马上的人会先从马背上跳下来，再从马鞍子上取下鼓鼓囊囊的袋子。里面装的是红糖、野山鸡和鱼，还有一皮口袋刚挤的鲜羊奶或鲜牛奶。

没有谁觉得怪，这更证明了大家的猜测不是没有根据的，谁的女人和孩子谁心疼啊。几乎每天都要来一趟，多是早晨太阳初升时，人们就可以听到马蹄响，看到他出现在小镇上。而什么时候离开就说不上了，这要看他在梅子屋里会待多长时间了。不过，不管待多久，也不会待到天黑，最晚到了太阳快落山，他肯定会骑马离开，奔向荒野深处，消失在远方的柔和的暮色里。

过了一些日子，梅子从小屋里走出来，面色和体态得了滋养，竟越发好看了。

脸上闪着做了母亲的幸福光彩，像有意炫耀似的在暖和的时分抱了孩子出来晒太阳。

见了熟识的女人路过，竟也极从容地报以淡淡的微笑。

女人便凑近了，看那躺在她怀里裹在黄色斗篷里的孩子。把那小小的脸盘包括眼睛鼻子嘴巴眉毛都一一仔细地看。看过了，嘴里连连地念叨着，好看好看，长大一定俊俏。心里却想着另外一个问题。

都觉得怪。怎么会没有一点点地方像那个骑马挎枪的男人，他的头发有点儿卷曲，眼窝子有些深，鼻子却很高，还带一点点的鹰钩。

一块儿来的女青年，多数都变成了娘儿们。不过，人家成了娘儿们，都有一个大家知道的丈夫为前提。梅子成了娘儿们，大家却不知道梅子的丈夫是谁。起先都以为是那个骑马的猎人，在确定了不是他以后，反而会更想知道梅子的那个他是谁了。

一块儿从内地来的女伴忍不住跑来问她。

孩子她爸是谁？

是个男人。

他在哪里呀？

快回来了。

你们结婚了吗？

没结婚这孩子从哪来。

领结婚证了？

没领。

没领怎么算结婚？

我们举行过仪式。

这么说，你在等他？

当然了，丈夫出门了，老婆能不等吗？

回答得干脆利索，早知道会有人怎么问，也早想好了怎么去回答。

回答了也等于没有回答。梅子明白这个世界上许多发生了的事情不能说，而许多说着的事情实际上并不存在。

说了什么其实并不重要，重要是做了什么和正在做什么。

知道了梅子是有丈夫的，只是在另一个地方，干什么的不太知道，可都知道很快就要回来了。

于是都在等着她丈夫回来，并且大家在一起不止一次地说到这个事。不是为梅子着急，也不是为梅子担心，而是在猜想，那个真正的丈夫如果回来了，会和那个骑马的男人发生什么事，并且都认定，不管是个什么事，一定会是个很有意思的事。

这个猜想让大家也和梅子一样天天在盼着一个男人的出现。

谁都没有想到这个等待会这么久。

女儿会跑了，会说话了，会自己捧着碗吃饭了。梅子才又下地干活了。这以后，梅子以孩子太小，要养孩子为理由，总是不好好下地干活。别人也没有办法，因为镇长不管，别人也就没法管了。再说了，干活又不是给哪个人干的，是给公家干的。公家不管，愿意给她发工资，别人也就不想瞎操心了。

不好好干活，三天打鱼，两天晒网。在大家眼里，梅子不但作风不好，工作也不好，还是个骚女人，是个落后分子。工资虽然没有少给，可是到了年底，要评先进了，却不会有她的份儿。

再后来，女儿上学了。嫌农场的教学质量不太好，梅子把女儿送回了南方老家。

不用在女儿身上投入那么多时间和精力了，梅子还是不肯把心思用在干活上。老是和那个长相怪异像个强盗的男人骑着马去荒野上，不知去干什么。什么不知道哇，想也想得出来呀，一男一女，都那么年轻力壮，到了别人看不见的地方，还能干什么呀。

不过，也有人说，梅子一个人住一间房子，真要干什么，也用不着跑到戈壁滩上去呀。算了，管人家干啥，镇长都不管，咱们管她干啥。女人只要不要脸皮了，反正是什么事都能干得出来的。

大返城时，结了婚的，政策规定嫁给了当地男人的女支边青年不能回城，特别是嫁给了当地男子的南方姑娘后悔得一个劲儿跺脚，全羡慕起了梅子，说她原来是早有远见。

不解释。

不少女人，支边青年和知识青年扔了丈夫扔了孩子，跑回了南方。

梅子无牵无挂，至少表面看是这样，却还是留在那间孤单的小土屋里。她似乎是最该回南方的，也是最有条件的，好多南方女人为了回城，硬是把西部的丈夫给抛弃了。因为，那会儿有个政策，只要是没有成家的知青，马上可以办回城手续。

一直到开了酒馆，梅子也没有回去的意思。真是让人想不明白，如果她真嫁给了恰可拜大家也就不说什么了，可她是一个人啊。甚至有人怀疑梅子是不是脑子缺了点儿什么。

酒馆并不是日日都敞开着门。门上挂锁的日子也并不固定。然而到了这一天，应该是六月的某一日，不管出现了什么情况，梅子都会把门关上，去做一件事。

这一天，一大早恰可拜会骑一匹马再牵一匹备好鞍子的马，来到酒馆门前。早做好了准备的梅子从屋里走出来，穿着一双平时不穿的黑色女式马靴，显得比平时高了，踩着铁镫双手扳着鞍桥用力一跃，跨到马脊背上拽住了勒着马嘴巴的缰绳。

这时的梅子要比系着白围裙在酒馆忙碌的梅子看着迷人。

她转过脸朝着正在上升的太阳凝望。

在一片灿烂的光色里，她的姿态像梦一样虚幻。一缕头发被风吹得从耳际飘到嘴角，她干脆轻轻地咬住，脚后跟抚摸般碰了一下马肚子，马便在她没有察觉的时候向前走了。

马蹄踏在青草上沙土上没有声息。

梅子觉得自己离开现实很远很远，正穿行在往事的画廊，并且全是非常逼真的油画，一幅又一幅连接起来好长好长。而每一幅又都是值得看了再看的。

有意落在她的后面，恰可拜和猎狗循着另一匹马的蹄印，大约离她有五六十米。他知道她现在正独自待在她的联想里，不喜欢有别的什么打扰。而梅子会想到什么，有些他知道，有些他并不知道。他从不向梅子打听她的过去，但如果梅子说给他听，他也不拒绝，而是很认真地听，听了就会永远记住。

从很小恰可拜就记住了老人传下来的一句话：别人不想说的，别逼着人说；别人对你说的，不要像风一样让它从耳边溜过。

前面，梅子勒住了马。马前面是一条深沟，也叫干沟。

干沟是雪山下来的洪水长期冲刷而成，戈壁滩上有许多条这样的干沟。洪水过后会在沟底形成一个连着一个的大水坑大沼泽。从很深的淤泥里长出了芦苇。又粗又高又密的芦苇像墙一样围绕着水坑，挡住了风，挡住了黄沙，让水变得很清很平。清得像镜子，平得也像镜子，天上飞过一只小鸟也能照出影子。

第一次见到，梅子好喜欢，觉得它是个天然的大澡盆，自到了农场她没有全身泡在水里痛快地洗过身子，恨不得立刻跳进去洗个痛快。可跟在身边的老兵们，马上拉住了她，说你不想要命了吗？

于是她就听到了一个故事。

垦荒最初的日子，有两个战士见了这水，以为是同南方的湖北方的河一样，便欢笑着跳了进去。水深才到腰间，可淤泥又稀又黏，谁也不知有多厚，很快就让他们陷了进去。他们越挣扎下沉得越快。很快，两个鲜活年轻的生命就这样从泥沼中消失了。

梅子一听，吓坏了。再看那泥泽，一会儿鼓起一个泡，啪的一响又破了，像是泥水里藏了个什么鬼怪，正在阴险地呼着气。

那以后她不再接近这干沟里的芦苇泥沼。

谁能想到那个大雾弥漫的早晨，她从正在灌浆的麦田里逃出后，并没有想到往哪里跑，完全是本能驱使着，让她只想快快从一种恐惧里逃出来。当她不知跑了多久，猛一下刹住了脚，把捂着脸的手放开时，看到了前面黑乎乎的芦苇泥沼。

她忽然不再害怕了，明白了她跑到这里绝不是巧合，完全是老天的安排。

不错，没有失去所谓处女的贞洁，甚至连一块皮也没有碰破，只不过是衣服被撕破了，可这又算什么，只要把破衣服一脱换上一身新衣服，反正换衣服是常事，梅子还不是和过去一样，完全可以像什么事情都没有发生一样。

只是像什么事情都没有发生一样，指的只是外表哇。可是梅子的内心呢，她也能像换衣服一样，把破衣服换掉，把那看不见的被撕碎的东西也换掉吗？有时心灵遭到伤害比肉体遭到伤害更难以补救，更具有毁灭性。不是仅仅因为险遭污辱而悲痛欲绝，如果换一个人她也许不会号啕大哭得那么厉害，更不是因为衣服撕碎裸露了身子被人看见了。重要的是她内心的偶像被玷污了弄脏了，她当作的革命英雄前辈的男人原来竟是个色鬼流氓，让她怎么还相信她的理想。

心里头的血液不再流动，像冬天的河一样结了厚厚的冰。信念一旦崩溃，生命就像纸灰一样没有了分量。实在感觉不到还有什么珍惜的必要，不如轻轻快快交给随便吹来的一股风吧。

想着想着，她不知不觉已经步入泥沼中。

整个身体开始往下沉。乌黑的淤泥沿白皙的小腿肚子往上翻涌，一种畅快的凉意渗进毛孔向全身扩散。她不由得闭上了眼睛，像是要尽情品尝什么滋味似的，脸上显出了异常安宁的神色。

淤泥翻出水面，一片清净的水面马上被污染了，变得浑浊不堪。那种腐烂的臭味也随之浓烈起来。她感到一阵阵恶心，想把心里的什么东西呕吐出来。可又没有这种力气，胸口也越堵越厉害……

不愿再想了，回过头，看见恰可拜也勒住马了，离她有十几
米远。

见她回过头，他策马走过来，走到她身边，和她一齐望着沟
底翻滚着的芦苇的绿浪。

他们都不说话。

这会儿没有雾，可那天雾很大。

他看见梅子时，梅子只有一个脑袋还露在水面，她的长发已
像水藻一样浸在水中。他用身体压倒了一片芦苇，铺出一条不会
沉陷的道。把梅子从泥里往外拖时，他几乎用完了全身的劲。要
知道他两天没有吃东西了。在芦苇草上歇了一会儿，他又开始拖
梅子。他没有劲抱起她，也没有劲背起她，只能拖着她的胳膊在
沼泽地上爬行。

只有几十米宽的沼泽地爬了有一个多小时。终于到了沟边，
梅子还没有醒过来，他也快昏过去了。

他脱下自己的黄军衣盖在她身上后，便也像死了一样软软地
躺在一堆虚土上了。

太阳升起来，先晒干了梅子的衣服，又晒热了梅子的皮肤，
当暖意透到胸脯里后，梅子就醒过来了，睁开了眼睛……

他叫什么名字？恰可拜问。

黄成。

是城里来的？

186

是的。

不等恰可拜再问，梅子自己就会不停地往下说。

他说他是某个大学的大学生，马上就要毕业时，"文化大革命"爆发了。他成了一个红卫兵，还是个什么勤务员，是个头头。他们的总部大楼被另一派包围了。先是扔石头顶着桌子往上攻，攻不下来就把消防队的救火车开来了，高压水龙头往上喷，全是汽油。楼烧起来了，好多人被烧死了，还有些人从楼上跳下去，被摔死了。他不想死，是从下水道里钻出来的。城里待不住，就跑到戈壁滩上来了，一直跑到了下野地的这条干沟里……

梅子边说着，边扯动了缰绳，两匹马并排着顺着沟的边缘行进。

和黄成的故事，这么多年，梅子只讲给恰可拜一个人听了。不知讲过多少遍了，可每次讲起来，都像是第一次说到这个事。讲的人和听的人，都会有一些激动。

每年的这一天，也就是梅子被黄成救起也是他们相识相爱的这一天，梅子都要来到这里纪念她的爱情。

不要以为，恰可拜同梅子一起来到这里，只是为了陪着梅子，为了保护她。对恰可拜来说，这个地方对他的意义，也一样是很重要的，尽管它和爱情没有什么关系。

大致人们都有这种感受，一件事发生了，非常突然，没有一点儿先兆，完全出乎预想之外，使你觉得实属巧合，是偶然机缘的结果。可是过后再把这件事仔细想想，包括最微小的声响和颜色都别忽略，反复地琢磨，反复地推敲，特别是考虑到它产生的效果，你就会越发感到这件事的发生是早就安排好的，无法变更和躲避的，像一条环形链条上的一个节扣，没有它就会断裂。并且随着时间的推移，你的这种感觉就更加强烈，以致使你确信不疑当时只能是那样而绝无别的选择。

比如猎手恰可拜今天回忆起十几年前的那件事就是这样的感觉。他不再相信让他进入这个故事并负担起责任的纯是一种偶然的巧合。

很难有一种什么说法能够解释那天他所遇到的事。

的的确确。过去这片地方野兔子四处乱窜，坐到土包上也能随便打到几只。可这天恰可拜却连个兔子尾巴也没碰见。有点儿生气的他靠着棵胡杨歇息。没有想到却从前面的芨芨草丛里悄悄钻出一只狐狸。他以为眼花了，揉了揉眼睛。再看果然是只大狐狸。好漂亮的一身毛，像软缎子一样在太阳底下闪烁着。

它也望到了他，却并没有惊恐地逃窜。

他的闷气消散了，抑制住因激动而乱跳的心，慢慢地把猎枪往上抬。狐狸似乎察觉到了他的用意，不高兴了，转身朝东南方向跑去。

只有笨蛋才会眼看着猎物从手中逃掉呢。恰可拜毫不犹豫地紧紧追了上去。

这只狐狸真狡猾，既不从他的视线里消失，又绝不落入他的枪弹的射程内。这带有明显嘲弄意味的举止惹得他有些火了，不由得加快了双腿的摆动。

前面一个不高的土坡，狐狸上了坡回头看了一下，便下了坡。

赶忙到了坡上，朝下面的一片开阔地望去，他呆住了。狐狸连影子都没有了，却有一个年轻的男人背了一个口袋在离土坡五十米处朝着他走过来。他低着头，脚步很急。

恰可拜想大声问问他，见到有一只狐狸往哪里跑了吗？可没等话出口，像是从地底下冒出来的，五六个戴红袖章的男人从两旁的红柳丛里跳出来，眨眼把那低着头的男人摁在地上。

等恰可拜刚缓过神，那男人已被绳索横横竖竖地捆紧。几只胳膊把他架起来，朝着不远处的路上拖去。

一辆大卡车停在一条土路上，当时还是荒野便道，后来才铺了柏油，成了国家公路，立起了一个个路碑。

看着几个男人拖着一个男人往路上的车子跟前走，恰可拜没有太当回事。

这样的事在那个年月里常发生，恰可拜没有理由去问去管。对他来说，这会儿，他想的还是那只消失的狐狸，他要集中精力捉住这只狐狸。光是一只狐狸皮，就可以换到五只羊。

就在恰可拜打算转身离开时，那个被捆着的男人突然转过脸，让他看到了一张他再也无法忘记的清秀但倔强的脸。

没有想到转过了脸的男人，不但是想让他记住他的长相，更想让恰可拜记住他的话。他听到那个男人朝着他大声喊着，兄弟，请帮个忙，到干沟去，把这些吃的，带给我的女人。你还要告诉她，说我一定会回来，让她等着我，一定等着我，谢谢你了。

起初恰可拜还以为他是喊给另一个人听的。他朝四下看看，发现空旷的荒野上，除了他再没有别的人了，他这才明白那个男人把一件很重要的事托付给他了。

不等他做出回答，他们就把那个男人扔进了汽车。不过那个男人被扔进去又爬起来，就在车子开动时，他把头伸出了车厢外，对他喊着，拜托你帮我照顾一下她，她有了身孕了，兄弟，求你了，兄弟……

大卡车走出很远了，"兄弟"两个字还在空旷的大戈壁里回荡着。

恰可拜走过去，拾起了那个男人扔下的口袋，看到里面装的尽是吃的。

他翻身骑到马上，接着一行猝然中断的脚印，向干沟的方向走去。

本来想着只要把那句话和那个口袋捎给梅子，他就可以去干自己的事了。可是她听完那句话还没有来得及接过口袋，就昏倒在地上。

他不能不守在她身边，并用带在身边的马奶子酒，像喂药一样喂进了她的嘴里，让她慢慢地醒过来。

他不得不用马驮起她，把她送回存放着她的户口的小镇。因为她一个人在干沟的洞穴里是没法生活下去的。

按说恰可拜把她送到了小镇上，这时候他已完成了嘱托，完全可以拍马远去，永不再回来。可是他知道了她已经怀了孩子，而那个男人又不在她的身边。他不能明明知道需要他去做的是什么而又故意躲避。那个男人喊了他兄弟，还拜托了让他照顾她的。

他当时虽然没有说话，可他没有说不，就等于答应了。答应了人家，就要做到，并且还要做好。

后来他明白他已经做的和将要做的都是他必须要做的。

他要和这个女人一块儿等那个男人回来，他要告诉那个男

190

人，你交给兄弟的事，兄弟做到了。

就这样过了一年又一年。

猎狗叫起来了。

他挺直了身，朝远处草滩上看，一只火红的狐狸疾速掠过，在浅绿的草浪上，画出一道漂亮的弧线。

恰可拜取下猎枪，但被梅子抓住。

别开枪。

他看了梅子一眼。

答应我，永远别朝狐狸开枪。

她恳求的语调软得像水。

我们互相搀扶着走进那个洞穴，都饿得没有力气了。

我们像死了一样躺在地上，只睁着眼睛，连话都懒得说。

两只狐狸从洞的深处走出来，在我们身边站了一会儿，就出去了。

后来你猜怎么样，一只狐狸衔了一只老母鸡，扔到我们身边，那鸡的脖子还在滴着血……

你信不信？梅子问。

恰可拜点点头，心里想，我一辈子再也不会向狐狸开枪了。

就是这个洞。

是地壳运动形成的天然洞穴，在沟壁下面洞口呈不规则三角形。往里望还可以看到一捆散开做床铺用的芦苇，不过上面落了一层厚厚的尘灰，印满了狐狸零乱密集的足印。洞壁上烟熏火燎的痕迹像是远古刻在石头上的神秘图案和文字。虽不能读懂，却能让人看了以后产生丰富的联想。

至少面对着它的梅子不能不被触动。

她的身子紧紧贴在洞壁上，让头触到粗糙的岩面，默默地闭起眼睛，一会儿，长睫毛便湿了。

快乐吗？

嗯。

还想死吗？

不了。

不再分开。

你不回城了？

不了。

跟我去小镇？

好，反正在哪都要上山下乡。

啥时候？

你说，听你的。

这里真好，还想住在这。

那就住在这。

…………

生活真是变幻无常难以预测。先是让一个人的信念毁灭，逼得她走向死亡，可等她就要迈进地狱的门槛时，又把她一把拽回来，推进爱情的天堂，让她在巨大的快乐里头晕目眩，醉得不愿再醒来。

当她陶醉在幸福中，享受着人生难得的欢愉，生活又忽然一下变了脸，伸出了无情的手，把她的幸福残酷地夺走，扔到寂寞的大荒野上。却又故意不让她完全死心，留下那么一线希望，像早上地平线上的一抹光亮，让她心甘情愿地等待，等待，等待着太阳的重新升起。

那个太阳的名字就叫黄成。

梅子就是被生活这样安排的许多人中的一个。谁也没有办法改变。

在这个天然坑洞里有一块大石头，下边压着梅子写的一封信。信很简单，只是告诉看到信的人，去什么地方就可以找到她。

她每过一段日子都来看看信还在不在。已经不知换了多少封信了。信是纸的，在石头下放久了，就会潮湿，会破碎，就会没有了。

那个叫黄成的男人要来找她，一定会来坑洞里找。只要进了坑洞，就会在看到那块大石头，只要看到大石头，就会看到那封信，只要看到那封信，就可以找到她。

我好像有了？

有什么了？

傻瓜。

你是说，我们有孩子了。

我想是的。

太好了。

我有点儿怕。

有我在，不怕。

我饿了。

我去弄吃的。

我想吃酸东西。

你等着，我去给你找。

你要快去快回来呀。

放心，找到吃的，我就回来。

　　那天，他找到吃的了，可他却没有能回来。他让一个人，就是恰可拜把找到的东西，酸的东西有酸白菜和西红柿送了过来，他却消失了。

　　没有比等待更难以忍受而又不得不忍受的事了。

　　重返小镇的梅子，虽然样子不曾有什么变化，但都说梅子是新换了一个人。那个害羞的爱笑的柔弱的小姑娘消失了。新的梅子是沉默的高傲的什么都不害怕的女人了。

　　不过，和恰可拜在一起时，她好像又变了回去。有些着急，不知该怎么办，有点儿像小妹妹看到了大哥哥一样。仰着头，和他一比，她显得要矮许多，瞪着大眼经常问恰可拜。

　　他真的能回来吗？

　　他说他要回来。

　　他是这样说的吗？

　　是这样说的。

　　他到底是怎么说的？

　　他让我告诉你，让你等着他，他一定会回来找你的。

　　他要不回来怎么办？

男人说话都是算数的。

真怕他会不回来。

不用怕，我和你一块儿等他。

怎么能让你一块儿等？

我和他是兄弟。

他好像比你大一岁。

那你就是我嫂子了。

可我又比你小。

那你就是妹妹了。

我没有哥哥。

以后你就有了。

不管什么事，有一个人和你一块儿做，你就不会轻易做到一半停下来，更不会不去做。等待一个人也是一样。它不但需要你自己内心的力量来坚持，同样也需要别人的支持，哪怕只是肯定地说几句话，都会产生一种意想不到的作用。

可恰可拜很少说话。或者说他也说话，只是不用嘴巴说话。

每天都要做饭，需要柴火。这里的冬天很长，一年里有六个月都要靠烧火墙取暖，更是需要大量的柴火。每家的门口，都码了一大垛的柴火。去戈壁滩打柴火背柴火，成了每个人要做的重要事情。

带着女儿的梅子，根本没有时间和精力去做这个关系到生存的事情。但这么多年来，从来没有去打过柴火背过柴火的梅子，却从来没有缺少过柴火。

恰可拜成了梅子家的柴夫。

梅子没有丈夫，各家的打柴的事都由丈夫负责，可梅子家的柴垛比别人家的又大又高。

可以想象得出来，一个没有结婚的女人生孩子，在这个半军事化管理的农场，会承受什么样的压力，没有一个人愿意接近梅子和帮助梅子。坐月子期间，是恰可拜不断地给她送来可以催生奶水的东西。为了能捕到鱼，他掉进了冰窟窿，差一点儿被淹死和冻死。有一阵子全国人民生活都困难，可梅子和女儿却经常能吃到肉，因为过上几天，恰可拜就会把他打到的野味送来，周围的邻居为此对她是又羡慕又嫉妒。

还有一次女儿发了高烧，农场连队的卫生员治不了，让梅子转到师部去。正赶上那几天下大雪，所有的道路都被封住了。恰可拜赶到了，用他的马拉着雪爬犁，又用他的羊皮大衣把女儿裹了起来，连夜送到了师部医院。医生后来对梅子说，这个孩子再晚送来几个小时，就算不会失去生命，也会烧成肺炎或者是脑膜炎，肯定会落个小儿麻痹之类的残疾。想一想这个事，梅子不知道有多么后怕。

再说那个酒馆，要不是有恰可拜经常送些野味来，哪能吸引那么多顾客。要不是他像个保安一样，自觉地负责起了酒馆的治安，梅子一个女人怎么可能对付得了那些想来找碴儿闹点儿事的痞子们，怎么可能让酒馆一直红红火火？要不是酒馆挣了钱，哪能供得起女儿从高中一直上到大学？开酒馆以前梅子没进过银行的门，不是不想进，是没有钱可以存啊！现在，每过几天，她就要去银行一趟，给在内地上学的女儿存钱。

这是多大的情啊，又用什么可以还哪。而要想让恰可拜不要再为梅子和女儿操那么多心，付出了那么多，只能在心里一遍遍地呼唤黄成，呼唤他快一点儿快一点儿出现，担负起一个男人，一个丈夫，一个父亲的责任。

每个早晨，当她离开床铺走向窗户把厚厚的窗帘拉开，让瀑布般的阳光冲荡着苏醒的身体时，一句话便像那远方升起的太阳一样荡旋起绚丽的回声，"等着我，我一定回来"。

而那窗外正在消散的雾和树叶上的露珠，无不是在向她暗示。就在今天，他会回来的，会回来的。

于是她的心跳得厉害。仿佛他马上就要进来似的。梅子像第一次迎接情人的少女，脸上立即泛起羞涩的红晕，手忙脚乱地不知该去做什么了。一点儿也不像个饱经风雨的女人。

她先把地面扫得干干净净，再把床铺拾掇整齐。那些妇女用的小玩意儿，他见了会不好意思的，一股脑儿地塞进床头柜。把精装的红双喜、烟灰缸还有打火机摆到茶几上，她想起他把干枯的芦苇叶子揉碎了当烟的情景，她不抽烟，是为他准备的。把衣架上的一个挂钩空出来以便放置他穿的外套，她猜不出他是穿西装还是风衣。

收拾完房子又收拾起自己。

她坐到梳妆台前，端详着大镜子里的自己。

依然是白嫩的。农场的好多女人，也和过去不一样了，也会买一些很好的化妆品打扮自己了。梅子还是用着一种便宜的润肤霜。不是买不起，是觉得在脸上涂上一层白粉，把嘴巴画得像喝了人血，实在是一点儿也不好看。再就是她的脸用不着涂那些乱七八糟的东西，也还是经起得仔细去看的。

至于腰肢和胸脯由于天生就细圆就丰满，而许多年都没有什么变化，无论从前面看，还是从后看，她的女人味还是那么浓厚。这样的女人实在很少有，而梅子恰恰是这很少有中的一个。

梅子天生的女人味，又总是不变，好像是梅子用了什么特别的方法把它留在了自己的身上，因此自然招来不少闲话。

说梅子是故意显摆自己的脸蛋子和大奶子，用它们来吸引那些没有一个不好色的男人们。的确，不想喝酒的进了酒馆见了她也不得不掏钱买一杯酒喝。

有的干脆就说梅子酒馆生意兴隆赚了许多钱，是因为梅子不但卖酒也卖那玩意儿，大约说这话的人恨不得梅子真能这样。

你说没有，那么你给解释解释，一个开酒馆的没有丈夫的寡妇，为什么总是把自己收拾得让别人一看就心动的模样呢？她的穿着确实不华丽，却是恰到好处地让她的女人味得到充分体现。

有谁能知道梅子的心呢？

不能不这样，既然他今天一定要来，太阳告诉她的又不一定是哪一个时刻，可能是上午中午下午来。梅子只能在每天的时时刻刻都准备好了迎接他。

其实梅子想得很简单，就是想让他头一眼看见的她，还是那么干净，那么好看，那么有味，或者说性感。全没顾及别人会怎么想、会怎么说。

因为随着太阳一起来到的希望也像太阳在内心照耀，整个人从里到外都焕发着神采。

心情不一样，做起事来也会不一样。梅子手脚格外地机敏而不知劳累，极利索地就准备好了一日营业用的酒菜。

梅子对掀开门帘进来的顾客自然也是热情周到的，仿佛要让他们分享她期待的幸福。

所有进门的顾客见梅子没有丈夫帮忙，一个人忙里忙外没有一分钟闲着，还是春风满面毫无一点儿幽怨，都有些想不通。

也难怪呀，人们只能看到白天的梅子，看见那个怀有希望在酒馆里忙碌的梅子，而看不见在黑夜里的梅子，看不见那个等了一天只剩下一个人的梅子。

最后一个顾客也打着饱嗝跨出门槛走了。

磁带也转到最后一段用红色标示出的空白处，放音键啪的一声自动跳起，切断了电源。邓丽君也似乎唱累了，要歇歇了，不再唱了。喧闹的酒馆一下子宁静了，静得让梅子不由得往四面墙壁望望，仿佛是它们把所有的声音一下子藏起来了。

把门关上插上铁闩时，她的动作迟缓，转过身疲惫地靠着门板立一会儿，脸上的神采在昏暗的灯光下再寻不到了，往卧室走动时脚在地板上拖出嗤嗤啦啦的声音，像是有什么粘住了鞋底，绝不仅仅是劳累。

想躲开或者是忘掉外面的黑夜，梅子在卧室里安装了六十瓦的日光灯管。但那惨白的光团没有热情没有暖意，像冬天的雪一样堆满了每一个角落。

梅子穿着睡衣，有时把带子系起，有时让带子垂在两旁并不系就来回走动，觉得这些光照在身上冷冷的，干脆一伸手拉掉了电灯的开关。

但待在漆黑的寂静里更难以忍受。只得打开电视机，希望里面的歌声、音乐或者故事或者是富有特色的地方戏曲，最好是沪剧和越剧把她的心思转移到另一个方面去，即使能暂时摆脱黑暗的纠缠也好。

不知是画面本身缺乏吸引力，还是那些被美化夸张的悲喜剧总是触动她的想象，反正电视机非但不能帮她忘掉黑夜，反而让她在一种鲜明的对比中更加明确了所处环境的悲凉氛围。

结果还是关掉了电视机拉亮了日光灯。

离开沙发坐到桌子前面拉开抽屉，拿出一沓装订得整整齐齐的厚厚的信。

全是女儿的照片和信。

女儿一满月，就去照相馆给她照了相，从此，每年她生日那一天，都会给她照一张相，只想着有一天可以拿给黄成看，让他知道孩子是怎么长大的。

现在女儿考上了大学，几乎每个月都要给她写一封信来。

好像知道母亲读她的信时，会有一种幸福感，女儿就经常会把一封信写得很长很长，最长的信有十几页。

女儿大了，懂事了，女儿的话梅子不能不去重视了，不能看完后淡淡一笑便可搁置一边不管了。

比如女儿在信上会这样写，妈妈别再等爸爸了，如果他能回来早就该回来了。她没有一点儿隐瞒，把她和黄成的故事全告诉给女儿了，还给女儿起了个名字叫黄媛。

读到女儿的这番劝告，她觉得难以回信答复女儿。

读女儿的信的确会使她暂时进入母亲的愉悦中，但不能维持太久。因为很快一沓信就读完了，而黑夜不过才开始。她又没有一点儿困乏的意思。放下那些至少读过一百遍的信后，她忍不住把镜子拿过来让背面朝着她，上面夹着一张女儿放大的彩色照片。女儿的确很漂亮，比她要漂亮许多，女儿继承了父亲高挺的鼻子和浓黑的眉毛的优点，又继承了妈妈的细嫩和白净的长处。

不管法律承认不承认都不能改变这个事实。

流着他的血液的女儿，有一部分长得极像他，所以梅子看着照片，看着看着就不由自主地想起他，想起两个人在荒野干沟里度过的时光。

上小学时，女儿问，妈妈，别人都有爸爸，我怎么没有？

梅子说，谁说你没有，你爸爸出差了，出远门了。

女儿又问，爸爸什么时候回来呀？

梅子说，快了，快了，很快就会回来的。

可过了很久，还没有回来，女儿又会问，怎么过了这么久了，爸爸还不回来？

梅子说，爸爸的事，没有办完，办完就会回来了。

为了让女儿知道爸爸长什么样子，梅子请了个画家，把黄成的样子描绘给他听，他再根据梅子说的，把黄成画在纸上。画好了以后，让恰可拜看，下野地除了她，只有他见过黄成了。他说画得很像，真的是很像黄成，梅子把这个画像拍成了照片，放大了挂在家里的墙上，经常指给女儿看，告诉她，看，你爸爸长得多英俊啊。

上了中学，女儿懂道理了。她带着女儿去了干沟。

站到那个芦苇沼泽前，她给女儿说，妈妈差一点儿死在里边，是你爸爸救了我。

带着女儿进了那个天然的洞穴，从大石头下取出了她写的那张留给黄成的字条：亲爱的成，你要是回来，请去小镇的梅子酒馆找我和女儿。

梅子告诉女儿，就是在这里，我和你爸爸举行了婚礼，也是在这里有了你。

女儿说，妈妈，你和爸爸的故事，有点儿不像真的，像是书里边才有的。

梅子说，有时候，想一想，我也觉得像是在做梦，可只要来到这里，看到那个沼泽，看到这个山洞，我就不再觉得是个梦了。

女儿大学毕业了，说在上海浦东找了一份很好的工作，并且租了一套房子，她让母亲来和她一块住，并说再不用花她的钱了，她不但要养活好自己，还会照顾好母亲。

已经读了很多书的女儿，和梅子说起话来，完全没有了孩子气，像个大人一样。

妈妈，你不要再等了。

为什么？

你已经有白头发了。

早就有了。

你应该再找个男人结婚哪。

那你爸爸呢？

你还相信他会回来？

当然了。

就算他回来了，他也不会说什么，你等了他这么多年，你对得起他了。

可他一直站在妈妈心里头，他太大了，把妈的心全占了，别的男人挤不进来啊。

我真的不能理解你。

等有一天，你从骨子里爱上了一个男人，你就会明白妈妈了。

男女之欢，转瞬即逝；男女之爱，却可能会比天长，比地久。

梅子和那个叫黄成的男人，在干沟里那个天然的洞穴里，不知有多少次一块儿想象着他们以后的日子。

他说看到了许多大学里年轻的同学，在一夜之间成了敌人，并且相互厮杀。亲眼看到了同学的鲜血流成河，尸体遍山野，他对这场"文化大革命"，一下子厌恶了、憎恨了。

他说遇到了梅子，就是遇到了带领他走出红尘的女佛。他要和她男耕女织，远离纷纷扰扰的社会动乱，在这桃源一般的荒野上，开始一种返璞归真的散发着浓厚泥土气息的生活。

你看，这里的土地多肥沃。

还没有开垦过呢。

肯定种什么就长什么。

当然了，种瓜得瓜，种豆得豆嘛。

两个人都笑了，同时想起了小学时学过的一篇课文。

咱们开几亩地。

种菜，还要种粮食。

咱们盖一间小屋。

要四面都有窗子的。

咱们再生两个孩子。

不行。

为什么？

太少了，我要生六七个，生一大群。

好啊，等他们大了，再结婚，再生孩子，用不了多久，这里就会变成一个村庄。

那我就成了老祖奶奶了。

那我们就是子孙满堂了。

黄成不但这么说了，并且说了以后马上就开始做了。他带着梅子在干沟找到了一个湖，还在湖边找到了一块没有盐碱的草地。他们已经商量着先在冬天来到以前，把小房子盖起来，到了明年春天就把地开出来。

到了夜里，他们躺在地上，看到满天星星，想着以后的好日子，太激动了，忍不住马上就耕种了起来。只是这个时候，梅子成了一块肥沃的地，黄成变成了一台拖拉机，坚硬的铧犁翻起了潮湿的泥浪……

梅子看着女儿的信和照片，看着看着，女儿的脸就变成了他的脸。

由鼻子眉毛想到他的有着一圈绒毛的嘴唇，想到他的吮吸，想到让她快要窒息的搂抱。想到在他宽厚而且结实的怀抱里，她急促的心跳和着他狂放有力地撞击，带给她的战栗和眩晕。想到他没有老茧却灼热的手，先是轻轻地把她披散在额头前的长发分开梳拢到耳朵后面，再像按摩一样抚摸遍她身体上的每一个关节，让她没有一点儿拘谨和束缚，舒展开整个的身心。

她完全变成了一片云在灿烂的星空不受限制地随意飘荡。

想到他让她趴在他的胸膛上，在她的耳边说的一些喃喃细语……

像做梦一样，梦得越美醒来后带来的失望就越大。闭着眼睛的梅子分明看见他温柔地将脸和胸脯贴向了她，激动地展开双臂去迎接却拥抱了一个虚空。

睁开眼去寻找，屋里空荡荡的只有日光灯燃烧的声音。窗帘却一飘一摇地像是刚有人动过。

莫不是他调皮，跳到窗外黑夜里藏起来了。干沟里他经常干这样的事，故意躲起让她着急地四处寻找。这么一想，赶紧三步并作两步冲到窗口一把拽开窗帘。

她探出半个身子寻找着。

除了永远不可企及的星星和月亮外，什么也看不见。

可怕的是正吹拂着她的凉风和包围着她的沉寂的夜色，不但不能扑灭她那由想象燃起的烈火，反而更助长了一种让她的感官和精神都无法承受的焚烧。

那样的折磨比疼痛更厉害百倍。

她拼命把睡衣的衣襟往两边撕扯着，手指在白嫩的胸脯上划出了一条条带血的印子。

不知有多少次，她想大声地喊叫，却又竭力压抑住。

终于，在一天夜里，她喝了大半瓶子烈性的白酒后，再也没有力气可以把她想喊的声音压制住了。

一道尖厉又带着嘶哑的叫喊声冲出了嘴唇，冲出了窗户。

像一把滴血的刀子，把夜空的寂静一下子划破了。

完整的夜空被割成了无数蓝色的碎片，星星像密集的流光弹正纷乱地四处飞蹿。

荒野上，一只猎狗不安地叫了起来。

躺在毡房里的恰可拜一下子醒了过来，他跑出了毡房，跑向了拴在树上的枣红马。

本来他是该去很远的地方打猎的。那些珍贵的飞禽走兽都藏在人迹罕至的山谷和荒原上。可是他已经好多年没去那些地方了，只是因为心里边放不下梅子。

他常常是和猎狗一起在草垛上守到天亮，就是怕万一出了什么事，他会因为没有听到动静，不能及时地赶到。他对她说过如果遇到了什么别忘了大声喊叫。他总是活动在猎狗能听到喊声的范围内，特别是在夜里。

马的缰绳来不及解了，直接用刀子割断了。

枣红马像一支箭射向黑夜，射向了小镇，准确说是射向了梅子的酒馆。门是插住的，但他用肩膀使劲一推，铁条就像面条一样软了，从扣眼里滑出。他在跑动时握在手上的匕首一前一后地晃动，尽管夜很黑，也一样掩不住它雪一般的寒光。

卧室的门本来就是虚掩着的，几乎不用推，他带进来的风就把它吹开了。皮靴急促地越过门槛落地时发出的声响，让立在窗口刚喊叫过但并未摆脱焚烧感的梅子身子震了一下。

她克制着恍恍惚惚的思绪，慢慢将靠着窗台的身子转了过来。

睡衣没有系带子，觉得太热的缘故，很松垮地用两个肩头支撑着，仿佛轻轻一碰便会立即滑脱，敞开的胸脯半遮半裸着，在日光灯的灯光里，显得更加白润。

凝望着恰可拜，目光迅速变幻着，先是期望，再是不能相信的惊奇，之后又就是无法抑制的欢喜。

并且随着她目光的变化，被拖鞋稍稍影响了一点儿速度的双脚也由慢变快，最后几步简直就是跑了起来。

　　梅子朝恰可拜扑过去。

　　恰可拜的目光尽量躲开或绕开梅子半掩半露的身体，他往四周看着，并大声地问着梅子，坏人在哪里，快告诉我。

　　梅子回答了。

　　却是软绵绵的一句，你回来了，你终于回来了。

　　还没有等恰可拜弄明白这句话的意思，两只柔软却火热的胳膊从两边的肩膀上面绕过去，缠住了他的脖子。

　　紧接着，在他胸口处，传出低声颤抖的抽泣，她把整个脸埋进了他的怀里，并夹杂着破碎的言语。

　　可以听得出来她断断续续话语的意思。大约是埋怨他怎么过了这么久才回来，让她等得头发都白了，这次她再也不让他离开了，他们要永远永远在一起，一起过在干沟里想象了无数次的那种日子。

　　并非悲伤的泪水滴落在他的胸脯上，把他烫了一下，他终于稍稍有些迟钝地明白过来了。

　　明白过来后，他马上轻轻地把梅子推开了，并且轻声对她说，我不是他，不是他，我是恰可拜，我不是他。

　　说这些话时他的目光不能直对着梅子，因为被他推开但又离得很近的梅子的睡衣只有一小片还挂在肩膀上。

　　他不得不把脸仰起一些，让视线掠过她乌黑的头发伸向那同样乌黑的窗洞。

　　睫毛上挂着泪花的眼睛睁大了，眨也不眨地端详着他的脸，仿佛在证明刚才听到的话是真的还是假的。

她的神情是认真的，甚至可以说是严肃的。

怎么会不是呢？瞧瞧这浓黑的眉毛，高挺的鼻子，还有嘴巴四周黑茸茸的胡子，在干沟的洞穴里她时常埋怨它们太扎了，可又喜欢让它们扎。

对了，特别是这双眼睛，它不是一样的深沉，一样的明亮，一样放射着善良坚强的光芒吗？

是啊，话可以有真有假，可以说谎，但眼睛是骗不了人的。

没有错，是他，就是他，他就是黄成。

于是梅子又一次扑向恰可拜，不过这一次搂得更紧，贴得更紧。她重新感受到了因相隔太久而已陌生的那种富有热力的气息，正从被她拥抱的躯体里火一样扑卷过来。

多么好闻的味道啊，和她第一次被黄成亲近时所闻到的是一样的。从第一次以后，她坚信，除了这个男人，任何别的男人都不会散发出这样美妙的气息。

啊啊啊啊，你还是这样调皮，十几年还没有改，你想试试我能不能认出你了，故意说不是你，告诉你，这么多年的日日夜夜，我就是为了等待这一时刻的到来而活着的，我怎么会让这一时刻错过呢。快把我搂紧啊，快一点儿啊。我听到了，你的心跳得好响好急呀，来，抱住我，抱住我，嗯……

他听到了她那受伤羊羔一样的呻吟，他不由得把昂着的头低了下来。

他看到了她兴奋的泛着鲜亮桃色红晕的脸庞。

看到了睡衣滑落后白净浑圆的肩膀和胸脯。

他的额头沁出了汗珠，他的周身掠过的燥热一阵比一阵猛烈。

他的嗓子包括整个心被一种干渴纠缠着，而恰在这时那湿漉漉的嘴唇慢慢地凑近，像是走在燃烧的沙漠中遇到了一眼清泉。

他的呼吸急促了，握着刀的手松开了，当啷一声落在地板上。

粗壮的臂膀不由得弯曲了起来，朝前伸去。

手掌在触到梅子的腰部时哆嗦了一下，似乎被烫了一下想挪开，但仿佛还有一股更大的力量压住和握住了他的手，让他完全不由自主……

一道如雷的声音响起，兄弟，告诉干沟里的那个女人，让她等着我，我一定会回来的。兄弟，拜托你照顾她，谢谢你了。

如雷的声音轰轰隆隆地滚过他的脑海，惊得他把那快要挨到她嘴唇的脸一下子仰了起来。

他仿佛看见了那黑洞洞的窗口亮了一个闪电。

耀眼的光团里，一个被绳子捆住，但毫无畏惧的男人的影子极鲜明地再现了，当然瞬时也消失了。

但恰可拜听到了那句话，也看见了那个影子。

他迅速地收缩双臂，对着梅子的肩膀使劲一推，此时的神情像是被地上的那把匕首刺中了一样，他的眉头痛苦地抽搐着。

被推到沙发上的梅子还没有从昏醉中醒来，她仍然满面迷离，用可怜哀伤的目光望着他，好像在说，你怎么可以这样对我呀，我可是你的女人啊。

不，不行，不能这样，不能这样，他会回来的。他说过会回来的，就一定会回来的。会回来的会回来的会回来的……

他挥动着拳头，像是朝着梅子又像是朝着自己，还像是朝着虽没有在屋里但实际上存在的另一个人喊叫着。

只是声音不断由高变低，由大变小，后来简直是喃喃低语了。

拳头挥动的幅度也随之变化，直到僵僵地垂吊在身体两侧。

他低下头不再看梅子，而梅子却如在呓语一样重复着他那句话的最后四个字。会回来的会回来的会回来的……

突然呓语变成了哈哈地大笑，过后又变成了抽泣，她的身子弯了下来把脸埋在手中。

恰可拜听到了她的低语她的笑声和哭声后仍然没有抬起头，只是保持着原来的姿势站了一会儿后，转过身走出了门外。

他顺手把梅子的房门紧紧地关上了。

夜很深了。

与往常并无什么不同。接近破晓的时候因一轮月儿离去和星星的减少，反而让天黑得更厉害了。

也更静了，便是一颗露珠从草叶上滑落，也能显出跌碎的声音。

天亮时梅子醒来，她走进浴室，站到莲花喷头的雨淋里。

当清净的水大雨点般落在赤裸的身体上时，混混沌沌的意识才从模糊纷乱的状态中挣脱出来。

她把双臂抱在胸前一动不动地任清水冲洗着，也正是在这清洗中，她记起了昨天夜里发生的事情。

一幕幕像照片一样清晰地在眼前闪过。

脸上不由得一阵阵发烧，说不出是害羞还是惭愧还是自责，心里乱乱的不知该如何处理这已经发生的事情。

该是穿衣服出门去菜市场给酒馆买东西了。

可她傻傻地呆呆地站在那里一动不动，她感觉这件事将打乱她过去的生活秩序，其实已经打乱了。

想起那个叫恰可拜的男人，她的不安就更加厉害了。

她猜不出他离开这间房子会想些什么，做些什么。

猜不出瞎猜。

也许他冷静下来会后悔当时不该退却，她觉得这猜测太卑鄙立即又换了一个。

也许他为自己能战胜男人最难抵挡的诱惑而骄傲和自豪，她又觉得这太简单了。

也许他正在大骂一个女人的无耻和放荡，过去却把她看得像女神一样圣洁不可侵犯，而时时刻刻守护着她。

这个猜测把她吓了一跳，倒不是因为怕自己的形象在他的心目中发生了变化而会失去什么，重要的是在这一瞬间她想起了十几年前那多雾的早晨自己所亲身经历的。

不错，昨天晚上的行为并没有超越过所谓的实质性界限。也就是说在肉体上没有什么伤害。可这又能说明什么，那天早晨几乎把她推入绝地的也并不是肉体的毁坏。

和昨天晚上是多么的相像啊，不过是男女双方换了位置，把粗暴强迫改成了温柔的引诱。

也许把这样两件事联系到一起是荒唐的，没有道理的。

梅子也不愿这样想。所以想到了以后，便觉得事情严重了，便有些慌乱了。

可是再一想，恰可拜怎么会和一个脆弱的女孩子一般见识呢。

他是在能拔掉大树的暴风中连腰都不弯的，是曾掐住了狼脖子挤出它的眼珠子的，是翻越过连山鹰也不敢栖息的冰大坂的男人。

他肯定会以西部荒野汉子大戈壁一样宽广的胸怀把这件事放

在了一个极不起眼的位置上，他会像宽容一只一时迷乱了方向的小羊羔一样，仍旧像过去一样对待她，一样在每个黄昏里都来她的酒馆里坐坐，永远也不多也不少地只喝那么一小杯酒。

可这也是她的猜测，她对这件事的结果并没有什么把握，也没有什么证据。

于是在这整个一天里，她都在紧张地等一个时刻的到来。

她早早就准备好了一盘牛肉和一碟花生米还有一杯酒。她想好了她还像过去一样，连表情都不能有一点儿改变对着他淡淡地一笑，她要让他感到一切都和过去一样，他们之间什么也没有发生过。用不着多费一句言语，绝不能解释，那会更糟，做到了这些，大家就会和过去一样照原来的样子把时光打发下去。

表上的指针终于对着那个钟点了。

注意听，没有听到往常这个时刻都能听到的脚步声。

心紧了一下，竖起耳朵再听，仍是没有动静。

她正发愣，腿被什么碰撞，低下头，先是一惊，后是一喜。

狗。他的猎狗来了。

猎狗抬起头用舌尖舔着她的手。

这么说他也来了，还是来了。

她抬起头，注视着门帘，等着它被一只粗大的手掀起。

等了一会儿，不见门帘动。

等不及了，她干脆出去迎接，猎狗紧随身后。

她站在门口，往一条细细弯弯的小路上望，望到小路的尽头，仍是没有望到想望到的。

她低下头，看看狗，狗也看看她。

想问问狗，但没有说出口，只是轻轻地摸了狗的头。

不会是病了吧，他是强壮的男人，从来没有生过病，哪怕是一次轻微的感冒受凉。他的身体就像铁打的一样。

那他这会儿到底在哪儿，在想什么，在干什么？

梅子的心一下子没有了底，一个劲儿往下沉……

顾不上那么多了，梅子反身把酒馆的门关上并挂上了锁。

连围裙都忘了解，便沿着小路走去，开始只是碎碎的快步，走一会儿嫌太慢了，干脆小跑起来。猎狗也跟着跑起来，不然就会被她落下的。

她跑上了开满野玫瑰的草滩。

夕阳下翻滚的彩色草浪里看不到一个人的影子。

梅子把双手握成喇叭状放到嘴巴上，而后用最大的嗓门喊着恰可拜的名字。那名字像一只失群的孤雁在天空焦急地悲哀地飞着，在苍茫寂静的空旷里投下一重重影子般的回声。

在喊了十几遍恰可拜的名字以后，像是从那浑圆的落日里弹出来的一样，一匹马从西边的地平线上奔驰而来。枣红色的皮毛在火一样的夕照里，像一个划破黑夜的火把极耀眼地跃动着。

马儿站住，从马背上跳下一个牧羊少年。

他走到梅子面前看了一会儿说，恰可拜大哥早晨的时候在公路上搭了一辆车进城去了。他说他到城里去找一个人，他让我来告诉你，让你等着他，他一定会回来，还会把要找的那个人找到，一块儿带回来，让你等着，他让你帮他照顾好猎狗。

说罢，牧羊少年又跃上马背，用脚踢了一下马肚子，又朝着来的方向飞去。

猎狗没有跟着少年离开，它走到了梅子身边，卧了下来。

梅子明白了，他果真离开了，但是这样一种离开，却是梅子没有想到的。

他是为她去了城里，经历了昨天晚上的事后，他没有选择了，必须亲自为她去找那个叫黄成的男人了。

他同样是为了她，又把狗留下了，怕她太孤单又怕她真的会遇到什么事，让狗来陪伴她，来保护她。

她蹲下来抱住猎狗的脖子，把脸贴着柔软的细毛来回地擦着。

一颗晶亮的泪珠从梅子的眸子里滚出，滚到了细长的睫毛上，悬挂了一会儿，又无声地落到了地上的一朵正在开放的野玫瑰上。

关于去找黄成的事，梅子和恰可拜不知讨论了多少次。

恰可拜也是不知多少次向梅子提出过，他要去城里把黄成给她找回来。

让我去找他吧，我一定会把他找回来的。

你怎么找？

我见过他。

你没有在城市生活过，你不了解城市，一个人在城市里，就像是一滴水在河里。一滴水掉进河里，你怎么再能把它找出来？

他在哪个单位？

那个时候，他还是学生，没有单位。

那他在哪儿住？

那会儿，只想着天天在一起，哪想到会分开。根本就没说他住在哪里。

我见过他。

二十多年了，不知会变成什么样子了，就算和你走个对面，你都不一定能认出来。

我拿着他的照片，一家一家地问。

你这个样子，没有人敢给你开门。

没准儿，一去找，就找到了。

要是真能找到，我也不会等到现在了。

没有去试，怎么知道找不到呢？

有些事，不用去试，想也想得出结果来。还是让我们等吧，说不定明天他就回来了。

过了一些天，还是没有黄成的影子，梅子和恰可拜见了面，又会说到黄成。

我好好想了想，觉得还是要去找黄成。

为什么？

他要是能来，早就来了，一定是出了什么事，来不了。

是的，我也知道，肯定是出了什么事。

我们应该知道他出了什么事。

要是能知道出了什么事，那不就找到他了吗？

是啊，所以要找到他，只要找到他，才能知道他出了什么事。

说得也是，不管他是喜欢上了别的女人变心了，还是生了重病不能走路了，还是穷困潦倒成了叫花子无脸见我了，还是当了大官发了大财看不上我不要我了，就算是遇到了天灾人祸没有命了，也得有个坟墓有一个骨灰盒让我去烧烧纸吧。总不能一点儿音讯都没有，让我们活得不明不白，天天在等待中受折磨吧。

所以你还是让我赶紧去找黄成吧。

让我想想。

想了两天，还是没想好。恰可拜等不及了，跑来问梅子。

还是不能让你去。

为什么？

城里的路太乱，你会迷路。

鼻子下有嘴，我会问。

城里的车太多，会撞着你。

我会小心的。

城里坏人多，你会受欺负。

我有刀子，没人敢惹我。

城里人心眼多，你会受骗。

我什么都没有，骗不走东西。

城里人看不起乡下人，没人会理你。

我会客客气气地问他们的。

不行，反正我是不会让你一个人去，真要去，我们就一块去。

你不能去，你要是去了，万一他来了，找不到你，可怎么办哪？

没想到你会这么细心，那我们就都不要去了，还是在这里等他吧，相信老天会让他出现的。

恰可拜从来是很听梅子的话的，梅子不让他去，他就是再想去，也不能去。

没想到这一次恰可拜不听梅子的话了，真的自己跑到了城里，去找黄成了。

梅子无心再来做酒馆的生意了。她把酒馆转租了出去。

听说梅子不开酒馆了，好多人都想不通。虽然在这些年，小镇连着开了十几家酒馆饭馆，都没有一家有梅子酒馆红火。

也是从这一天开始，梅子的日子和以前不一样了。

早上起来，简单吃过了早饭，梅子就准备出门了。

出门前的准备要比吃早饭的时间还要长，因为她要不停地做好几件事情。

先是要在一个铜锅里放上水和酱油盐巴还有茶，再把鸡蛋洗干净了，一个个地放进去，一般来说放二十个左右。再把烧好的一壶开水灌到暖瓶里，还有一个带封口的塑料桶也要装上凉水。她会将南方的亲人给她寄来的新鲜的春茶和茶具装到一个柳条编的篮子里。

所有的东西准备好了，再一件件搬到三轮车上，还是她老早骑的那辆。

三轮车经过改装，上面有个煤气炉子可以烧水烧茶煮茶叶蛋。

骑着三轮车走在小镇的柏油路上，看到她的人们会想起当年那个头发被风吹起，像旗子一样飘扬的少妇。

同时又不免会感慨，日子像流水，再闪亮的青春也会被淹没啊。

不能再把三轮车蹬得像追风一样了，可梅子一下又一下却是沉着有力的，并且看得出来方向和目的也是很明确的。

道路两边不管是出现了什么新鲜的有意思的事物，她都不会停下来去像别人一样围着看。

不再年轻的梅子还是像年轻时一样，不管什么时候都显得充满心事，并且要去做什么，早就有了主见。

跟在三轮车旁边的是那只大猎狗，它一会儿跑在前边，像是给梅子探路，一会儿又跑到后边，好像要给梅子当护卫。

大猎狗跟在梅子身边，太阳照过来时，让梅子印在地上的影子，不再只是一个了。

本来是没有带那么多茶叶蛋和茶水的，一开始只是带去自己吃自己喝的。

有一天梅子正坐路边吃着喝着，停下了一辆车，下来两个人拿出钱来，说饿了渴了，要买她的茶叶蛋和茶水。

再去公路边，就多带了一些，反正也没有什么事，正好遇到饿了的渴了的，可以给别人解决困难，自己也有了一点儿收入。她不缺钱，开酒馆挣的钱，这一辈子她都花不完。

边卖茶水和茶叶蛋边等，会让她等起来不会那么太着急。

摆摊的地点，就选在了一百〇五公里的路碑前，恰可拜说，黄成就是在这里被人拖上一辆大卡车的。

有了茶水和茶叶蛋，停下来的车也就多了。在路边的树上，她用一块蓝布在上面写了两个字：梅子。

写了梅子名字的蓝布挂在树上，车子即便离得很远，车子里的人也能看见。

车子停下来，车里人过来喝茶或吃茶叶蛋，就会顺便问一句，写这两个字干啥。

梅子说，这是我的名字。

人家又问，把自己的名字挂起来有啥意思？

这要说起来，几句话可说不清楚。

说不清楚，干脆就淡淡一笑，什么话都不说了，让别人去猜去。

车上下来的人，看到她，会想到，这个女人，年轻时的样子，不知会有多迷人。就是这个时候看起来，还能看出年轻时的风韵。

看看她，并不会多看。一个摆茶摊的，有点儿上了年纪的女人，是用不着多去看的。

别人看她，她也看别人。只看男的，不看女的，有时车上的人注意到了她的目光，男的就会想，她好像认识我，可我并不认识她啊，女的就会有些吃惊，说这个女的，别看长得那么端庄，看起男人还有些色哟。

有几次，梅子干脆问起人家姓什么。也就是说，这几个男人长相有些共同处，长得多少有点儿像黄成。

人家有些不解，回答过了，又问她是不是有什么事情。她还是淡淡一笑说，没什么的，随便问问。

还有些人，从茶摊前经过，看到了梅子，认出了她，本来想停下来的，反而不停了，马上像逃一样跑掉了。比如说，那个好干部镇长。

他在当了几年镇长后，调到了县里当了副县长，马上就要退休了。考虑到他在边疆干了一辈子还没有去过北京，组织上就安排他去首都参加一个会议。这让他很是兴奋和激动。

小车送他去乌鲁木齐坐飞机，恰好要经过一百○五公里的路碑，走在这条平坦宽阔的国家一级公路上，目光不断地投向窗外，大约是想从两旁的大片绿浪翻滚的田野里寻找到他能享受这一荣誉的当之无愧的理由吧。

远远看到了那个茶摊，他让司机放慢了车速，这里是自己战斗过的地方，在这里摆摊的人一定是自己的部下了。不妨停下来，给这个人说上几句话，让小镇的人也知道他要去北京开会了。

只是车速放慢了，刚要停下时，他看到了挂在树上的布标还有站在路边的梅子，马上像被黄蜂蜇了一下，叫喊着让司机不要停车，快点儿往前开。同时，不能不想到过去的事。他很有些后悔自己当初怎么会那样糊涂，这样的自责他已记不清有多少次了。确实，除了那个多雾的夏日早晨的那件事以外，他完全可以称得上是一个清清白白为革命尽了一辈子力的好党员好干部。

车子从茶摊开过去以后，司机问他为什么不停下喝杯茶了。他说这个地方怎么会有好茶，有什么可喝的，还是去北京喝吧。

从公路上驶过的每一辆车，梅子都会有意无意地看一眼，想看到想看见的那个人，似乎透过了一辆飞快驶过的小轿车的玻璃窗，她看到了一张脸挺熟悉的。想了一会儿记起很像镇长的脸。不知为什么这些年来她常觉得自己有些对不起镇长，想起他每次看见她的那种慌乱的样子，心里竟涌起了对他的可怜和同情。她想如果下一次见到他，一定要对他笑一笑，并且问问他的身体近来可好，总之不要使他紧张，要让他放松一些。

梅子这个时候，似乎有些忘了，如果不是他，她的生活肯定不是现在这个样子，不是他，她不会跑到干沟，不会遇到黄成，也就不会有孩子，不会苦苦等他，甚至连恰可拜都不会认识。

那么不是这个样子，又该是个什么样子呢？怕是没有一个人可以说得出来了，很多偶然的事过去多年再看好像就成了必然的，必然的事又怎么是一个简单对错可以判断的呢。实际上到了这会儿，连梅子也不知道是该恨那个队长还是该感谢那同是一个人的镇长了。

小镇上和梅子熟识的别的女人，遇到梅子会硬拉着梅子说一会儿话。

说梅子，你是不是脑子进水了，放着那么一个挣钱的酒馆不开了，非要到公路边卖什么茶水茶叶蛋，你傻了吗？是不是挣钱挣够了？

梅子说，你还真说对了，我真是挣够了。

别人说，谁信哪？只要是人，挣钱就没个够。

梅子说，天底下什么人都有，我就是那个能挣够的人。

别人说，有了钱，你还待在这里干吗？南方多好啊，风景好，吃的住的都好，像天堂一样。

梅子说，可我的天堂不在那里。

别人说，你可真是个怪人，一直都那么怪。

给女儿回信，梅子说，女儿，不要租房子，租的房子住起来不踏实，要活得自在，不能没有自己的窝，妈给你钱，买一套。妈有钱，她是小镇上第一个万元户，也是第一个百万户，妈的钱，留着也没有用，早晚都是你的。既然是你的，你就拿去用吧，你用了，妈高兴，不心疼。再有啊，房子买好了，给妈留一间。不过，妈现在可不会去住。妈在等你爸，等你爸回来了，我和你爸一块去住。别说你爸不回来了。这话我可不爱听。你不了解你爸，不知道他是个多好的人，你要是见了他，肯定也会喜欢得不行。别人的话，可以不信，他的话，咱可不能不信。要知道，他是我的丈夫，是你的父亲，是这个世界上最亲的人，你说，咱不信他，还信谁呀。

不要说，没有领结婚证，不能算是正式的夫妻。

那个夜晚，他们一起跪了下来。

向天拜过，向地拜过，向祖宗先人拜过，向父母双亲拜过。

他们的手握在一起，握成一个拳头，举起来发了誓。

无论是遇到了什么事情，他们都不抛不弃不离，海可枯，石可烂，他们的爱情不会变。

参加了他们的婚礼并为他们证婚的，是天上的月亮和无数的星星。

如果这样的仪式，不能算是结婚，如果这样的结合，不能算是夫妻，那么那个轻如鸡毛的结婚证，又能说明什么呢？

有一年，恰可拜和一个草原部落里的姑娘领了结婚证。

是梅子催着他去领的。

那时候恰可拜三十岁了，还没有结婚，整天为梅子母女忙碌。

梅子说，你要是再不结婚，你就再不要来了，我也不要再看到你，我也不再是你妹子，你也不再是我哥。

梅子为恰可拜张罗着，一个毡房里的所有东西，都是梅子花钱买的。

可梅子给恰可拜说，这个钱，是你的钱。

恰可拜说，我没有那么多钱。

梅子说，这个酒馆是你和我一块儿开的，挣的钱有你的一半。

梅子专门给恰可拜开了个账号，写着他的名字，每个月她都会给他往里存些钱，没有更好的方式回报，只能这样做了。

可是恰可拜和那个姑娘的婚姻只维持一年多，两个人就分手了。

问恰可拜为什么要离婚？

恰可拜说，我喜欢一个人，自由自在。

梅子说，你不能没有个家。

恰可拜说，荒野就是我的家。

可梅子总觉得他离婚，和自己有点儿关系。她去过恰可拜的毡房，见过那个女人。那个女人，对她很冷淡。

关于她和恰可拜的流言满世界都在传，说他们是一对不知羞耻的奸夫淫妇，她不可能一点儿也不知道。梅子曾经想给那个女人解释一下自己和恰可拜的关系，可见了那个女人后，就不想再解释了。因为那个女人已经把她当敌人了，不能怨这个女人不好，换了谁，都不可能不对梅子和恰可拜的关系不在乎的。

离了婚的恰可拜，又和原来一样了，像是什么都没发生过一样。只是梅子看见他，心里的内疚又多了一分。

梅子没有再逼恰可拜再找个女人结婚。男女的情分，自有天注定，该来的，挡不住，不该来的，抢不来。顺其自然，比什么都好。

没有爱的婚姻，不如没有。

梅子已经欠了恰可拜太多太多，而他的离去——去城里帮梅子找黄成的举动，更是让梅子感觉到了今生今世无法偿还的压力。这世间最重的债，最难还的债就是人情债啊。

梅子心里在说，恰可拜啊，如果你真的是想帮助我，想让我活得更好一些，那你就赶快从那个充满了凶险和意外的城市里回来吧。黄成的一去不归已经让我饱受折磨，而你的不辞而别更是雪上加霜，让我心如刀割。等待一个人已经让我难以承受，好在还有你陪着我一块等待，可现在又要我等待两个人，并且只有一个身单力薄的我，你知道我是多么想看到你，想让你站在我身边，哪怕是什么话都不说，我也会觉得自己是有力量的，是不用害怕什么的。这种感觉在你离开后变得更加强烈了。

梅子想，我究竟是做了什么恶，上苍要用这样的方式来惩罚我呢，为什么我生命中最重要的两个男人先后都远离了我，是不是我真的做错了什么？

梅子在心里喊着，恰可拜，还有黄成，你们听到我的呼喊了吗？如果你们听到了，你们就赶紧收拾起简单的行装，去汽车站坐车。往下野地来的班车每天都有三四趟，不管你们坐哪一趟都能顺利到达。你们知道吗，我会每天都在公路边等你们的，不管等多么久，我都会等，一直等到你们出现，当然最好是你们两个能一块出现，尽管这种可能性一点儿都没有，我还是会这么想。

据说，在亲人之间，不管离得有多远，都会相互有感应的。也就是说，黄成和恰可拜是完全有可能听到梅子的呼喊的。

不用怀疑，只要他们听到了梅子的呼喊，他们是不可能不马上朝梅子奔来的，除非发生了什么谁都意想不到的事情，连做梦都不会梦到的事。

他们究竟是遇到了什么样的事情呢？

梅子想知道，谁都想知道，可她除了等待好像什么都做不了。

又是一年过去了。

都说时间会改变一切，可在下野地国道上的一百〇五公里路碑旁边，有一幅画面，像是被岁月凝固住了一样，一直没有变过。

一个茶摊，一个女人，还有一只猎狗。

茶叶蛋还是那么好吃，春天的新茶还是那么好喝，只是卖茶叶蛋和茶水的女人头上的白头发，看起来又多了一些。

还有卧在她的身边的那只猎狗，也不爱到处乱蹦乱跳了。它似乎等得有些不耐烦了，有些生气了，主人走的时候，可是对它说了，让它不要着急，说很快就会回来的。它觉得是主人骗了它。

看出猎狗的心情不好，梅子就会轻轻地拍着它的头，安慰它说，不要着急，恰可拜没有骗你，他可是个说话算数的男子汉，他说了会回来，肯定会回来的，你看，又一辆车开过来，没准儿啊，他就在这辆车子里。

好像梅子的话，让猎狗明白它是错怪主人了。它有点儿不好意思地站了起来，抬起了头，朝着开过来的车子，汪汪地叫了几声。

这时车子真的停了下来。

真的从车里走下来一个男人。

远远地，虚虚地，烈日下，公路上水汽如蒸雾缭绕，看不清楚，但那模模糊糊的影子，却分明有些熟悉。

会是谁呢？

会是黄成吗？

会是恰可拜吗？

梅子闭上了眼睛，她的心跳得厉害，她不敢看。

不管是谁，只要真的是他们中的一个，梅子都会跪在地上，给上苍连叩十八个响头。

可不知为什么，这个时候，在南方女人梅子的内心深处，如果有人要问她，她更希望走来的这个人是谁时，她一定会说，非要在两个人中选一个的话，她更希望走来的这个人并不是黄成，而是恰可拜……